원자력 발전소 사고

- 어느 하루의 소식들

원자력 발전소 사고
– 어느 하루의 소식들

1판 1쇄 발행 2025년 11월 14일

지은이 | 크리스타 볼프

옮긴이 | 이미선

발행인 | 신현부

발행처 | 부북스

주 소 | 04613 서울시 중구 다산로29길 52-15, 301호

전 화 | 02-2235-6041

이메일 | boobooks@naver.com

ISBN | 979-11-91758-33-7 03850

원자력 발전소 사고
-어느 하루의 소식들

크리스타 볼프

이미선

차례

원자력 발전소 사고 • 11
- 어느 하루의 소식들

역자 후기 • 133
크리스타 볼프 연보 • 138

일러두기

- 이 책은 *Störfall. Nachrichten eines Tages,* Suhrkamp, 1987 Berlin & Weimar를 저본으로 번역함.
- 저자의 각주를 제외한 나머지는 모두 역자가 첨가한 것임.

살인과 발명 사이의 관련성은 절대 우리를 떠나지 않는다. 이 둘은 농업과 문명에서 비롯되었다.
칼 세이건[1]

동물과 인간다운 인간 사이에서 오랫동안 찾아왔던 연결고리는 바로 우리 자신이다.
콘라트 로렌츠[2]

---

1 칼 에드워드 세이건(Carl Edward Sagan, 1934~1996): 미국의 천문학자, 천체물리학자, 천체화학자, 작가로 천문학, 천체물리학, 자연과학을 대중화하는 데 힘씀.
2 콘라트 차하리아스 로렌츠(Konrad Zacharias Lorenz, 1903~1989): 오스트리아의 동물행동학자. 동물행동학과 비교행동학의 창시자.

H.를 위하여.

이 소설의 그 어떤 인물도 실존 인물이 아니다. 모두 내가 지어낸 인물들이다.

C. W.

어느 날, 내가 현재형으로 서술할 수 없는 어떤 날, 벚나무들은 만개했을 것이다. 하지만 나는 '폭발한다'라는 생각은 피했을 것이다. 일 년 전만 해도 내가 별다른 생각없이 벚나무들이 폭발한다고 말할 수도 있었을 것이지만, 이제는 완전히 무지하지 않다. 초록이 폭발한다. 이 문장이, 끝없이 긴 겨울 뒤에 찾아온 이 해 봄보다 더 어울릴 자연현상은 절대 없었을 것이다. 매일 아침처럼 이웃집 닭들이 우리 집의 신선한 잔디 씨앗 사이에서 벌인 짓거리에 대해 화가 났던 그날 아침, 그날 꽃이 떨어진 과일은 먹지 말라는 경고에 대해 나는 아직 아무것도 몰랐다. 이 경고는 훨씬 뒤에야 사방에 퍼졌다. 흰색 레그혼. 내가 손뼉을 치며 쉿쉿 소리를 내면, 비록 우왕좌왕하며 반응하기는 하지만, 닭들 대부분은 잔뜩 겁을 먹은 채 늘 이웃집 땅 쪽으로 꽁지 빠지게 달아나는 것이 이 종에 속한 닭의 가장 좋은 점이다. 어쩌면 너희들의 알은 너희들만 차지할 거야, 나는 비웃듯 생각했다. 그리고 아주 먼 미래에서 나를 주의 깊게 관찰하기 시작한 그 존재 — 하나의 시선

일뿐이다 — 한테 이제부터 나는 더 이상 그 어떤 것에도 속박되지 않으리라는 사실을 알려주었다. 나는 자유롭다, 행동도 그리고 특히 내 마음에 드는 것을 포기하는 것도. 오늘날까지 모든 선들은 아주 먼 미래에 있는 목표를 향해 움직였는데, 그 목표가 폭파되어 사라졌다. 그 목표는 원자로 내부의 분열 물질들과 함께 타서 없어졌다. 흔치 않은 경우다 —

일곱 시다. 동생아, 지금 네가 있는 그곳에서 사람들은 정시에 수술을 시작한다. 너는 이미 30분 전에 진정제 주사를 맞았겠지. 이제 그들은 너를 입원실에서 수술실로 옮길 거다. 너와 같은 상태가 수술의 일 순위다. 지금 이런 생각이 든다, 너는 삭발한 머릿속에서 어지러움을 불편하지 않게 느끼겠지. 네가 싫은 생각이나, 너무 선명한 감정 — 예를 들면 두려움 — 을 느끼지 않도록 조치가 되어 있다. 다 잘 되고 있다. 이것은 그들이 너를 잠들게 하기 전, 결집된 에너지 광선으로 내가 너에게 보내는 소식이야. 광선을 인지하니? 다 잘 되고 있어. 이제 나는 내 내면의 눈앞에 네 머리를 그려볼 거야. 내 생각이 너의 뇌에 닿기 위해서 꿰뚫을 수 있는 가장 취약한 점을 찾을 거야. 그들이 곧 너의 뇌를 노출시키겠지. 다 잘 되고 있어.

동생아, 내가 말하는 방사선들의 종류에 대해 너는 질문할 수가 없어. 그것들은 분명 위험하지 않아. 그것들은 내가 잘 모르는 어떤 방식으로 오염된 대기층을 횡단한다. 전염시키지 않은 채로. 전문용어로는 '방사능으로 오염시키다'라고 한다. (동생아, 네가 자고 있는 동안 나는 새로운 낱말들을 익히고 있다.) 무균상태로, 완벽한 무균상태로 그들은 수술실에 도착해서, 의식 없이 무력하게 늘어진 너의 몸을 촉진(觸診)하고는 순간순간 네 몸에 대해 알아 차리겠지. 네가 그럴 것이라고 주장하는 것보다 더 심하게 훼손되었다고 해도, 광선들은 네 몸을 인식할 거다. 그리고 그것들은 너의 무의식의 두꺼운 방어벽을 쉽게 뚫고, 펄펄 끓으며 고동치는 핵을 찾겠지. 이제 광선은 언어로 설명할 수 없는 방식으로 너의 약해지는 힘을 도울 거다. 너는 그것을 믿어야만 한다. 그렇게 약속된 거다. 좋아 ―

준비가 안 된 것은 아니지만, 우리는 그 소식을 접하기 전에 아무것도 모르는 상태였을 것이다. 마치 우리가 그 소식을 다시 알아차릴 것 같지 않았던가? 그래, 나는 내 안에서 어떤 사람이 생각하는 소리를 들었다, 왜 항상 일본 어부들만이지? 왜 우리는 아닌가?

새들과 실험[3]

아무렇지 않게 가벼운 마음으로 샤워하면서 물이 내 몸을 흘러가게 내버려 두었다. 수많은 전문가들마다 지금 버섯처럼 (버섯! 이 시즌에는 먹을 수 없다!) 땅에서 솟아나는 지하수가 오래, 오랫동안 ― 아니, 이번에는 정말로 아예! ― 위험하지 않을 것

---

[3] 슈테판 헤름린(Stephan Hermlin, 1915~1997): 독일 시인. 그의 시 「새들과 실험Die Vögel und der Test」

이라 했다. 작은 시냇물의 물은 맑다고 한다. 샤워 중에 노래하는 것은 나쁜 습관이다. 산요 제품인 작은 라디오에서 나오는 뉴스를 듣기도 어렵게 한다. 그 뉴스는 매시간 건강부회되고 세세히 부서졌다. 변덕스러운 송어. 방사능의 원자핵 분열 생성물을 위한 저장고 물고기. 여론의 예상대로, 전문가가 어느 정당에 속하는지, 그가 낙관주의자인지 비관주의자인지에 따라 대답이 달랐다. 아니오. 노심(爐心)[4]은 절대 용해되지 않아요, 혹은 맞아요. 네, 네, 그걸 절대 배제할 수 없어요, 라고 말할 거다. 그렇다면 과학자들의 유머로 〈차이나 신드럼〉[5]이라고 생생하게 명명한 그 현상이 기대되었을 것이다. 화재가 진화되지 않는 한 ─ 그리고 동생아, 너는 모르겠지만, 흑연화재는 한번 발생하면 진화하기가 굉장히 어렵다는 것을 우리는 분명히 겪어야 했지. ─ 연쇄반응이 진행되는 한, 원자로 핵은 지구중심점을 통과하면서 용해되고 활성화될 수 있다. 변형되겠지만 계속 방사능을 뿜으며 지구대척지에서 다시 나타날 때까지 말이다. 기억나니, 동생아? 우리는 집 앞 모래언덕에 깊은 구멍을 파고, 염산이 가득한 맥주병에 경고판을 제대로 붙여서 구멍 안에 집어넣었지. 그 병이 지구대척지까지 파고 들어갈 것이라고 믿었다. 우리가 편지를 방수 셀로판

---

4   노심(爐心): 원자로에서 연료가 되는 핵분열성 물질과 감속재가 들어 있는 부분. 핵분열 연쇄 반응이 이루어지는 곳.
5   차이나 신드럼(The China Syndrome): 원자력 에너지의 경제적 이용을 비판적으로 고찰한 1979년의 미국 재난 영화.

종이에 싸서 병목에 맨 것을 기억하니? 그 내용을 기억하니? 형제자매들이여, 우리는 지구대척지 주민들을 그렇게 부르고, 당연히 적어놓은 우리의 주소로 병 편지를 받았다는 것을 확인해달라고 그들에게 부탁했어.

뭔가를 구체적으로 상상할 수 있다는 것은 정말 감사할 일이었다. 우리가 대척지 주민들에게 제때 사과해야 하지 않을까, 하는 생각에 몰두할 수 없었다. 젊어 보이는 전문가가 친절하게도 스튜디오에 와서, 그에게 건네는 라디오 진행자의 질문에 귀를 기울여야 했기 때문이었다. 만일 전문가에게 자녀들이 있다면 오늘날 그들에게 무엇을 할 것인가, 라는 질문이었다. 전문가에게는 자녀들이 있었다. 그가 자녀들에게 요즘 신선한 우유나 시금치, 녹색 채소를 주지 말라고 했다. 또한 예방 차원에서 공원이나, 모래사장에 아이들과 놀러 가지 말라고 했다. 자신은 아내에게 이렇게 권했다고 했다. 내가 치약을 칫솔에 묻힐 때 누군가 이렇게 말하는 것을 들었다. 자, 이렇게까지 되어버렸군.

그 말을 한 사람은 바로 나였다. 나는 자신과 대화하지 않고 얼마나 오래 있을 수 있을까 실험했다. 이미 3일째 되는 날에 처음으로 혼잣말을 조각조각 내뱉고 말았다. 그래. 이제 나는 빨래만 마치면, 그러면 끝이다! 오늘은 상황이 예민해진 지 5일째다. 이때 나는 존재하지 않는 사람들에게 큰소리로 이렇게 외치기 시작했다. 그건 너희한테 잘 어울리겠어! 예를 들면 말이지 —

두개골을 열기 위해 어떤 종류의 톱을 사용하는지 모르지만, 두개골을 여러 조각으로 나누는 봉합선을 따라 자른다고 한다. 의사는 너를 안심시키기 위해 기술은 완벽하다고 네게 말해줄 것이다. 우리가 원하면요, 우리는 당신의 두개골 뚜껑을 마치 모피 모자처럼 간단히 들어 올려서 나중에 다시 씌워놓을 겁니다. 하지만 당신께 그렇게 하지 않을 겁니다. 그들이 원하는 것 — 한 부분, 정확히 말하면 이마 바로 위 오른쪽 부분을 여는 것 — 을 그들은 지금쯤 했을 것이다. 이제 너의 뇌 덩어리가 그들 눈앞에 놓여 있을 것이다. 나는 외과의사의 손에, 그의 손가락 끝에 집중할 시간이다. 말로 표현할 수 없는 충동들. 너는 점점 무의식이 깊어지지만 안심해도 된다. 고통스럽니? 우리가 인식할 수 없는 그 고통은 어떤 상황으로 사라지나 —

하루하루의 연속인 삶. 아침 식사, 오렌지색 계량스푼으로 재서 커피를 필터에 넣기, 커피메이커 작동시키기, 부엌에 퍼지는 커피 향 즐기기. 이전보다 더 강력하고 의식적으로 향기를 인식할 것이라는 생각이 떠오르지는 않았다. 네가 그 향기를 잃게 될 것이라는 사실을 나는 아직 알지 못한다. 의사는 네게 말했다. 손상은 어떤 경우에도 피할 수 없습니다. 하지만 우리는 그것을 가능한 한 최소화할 겁니다. 정확히 달걀 5분 삶기, 타이머의 고장에도 불구하고 삶는 기술을 매일 새롭게 완성하기. 지속적으로 누릴 수 있는 행복한 체험. 삶을 죽은 시간 위로 나르는 구조물. 메클렌부르크 지역의 검은 빵을 자른 단면. 잘린 호밀 알곡들. 대체 언제 그리고 어떤 식으로 핵종[6] — 이 단어 역시 내가 막 익히기 시작한 것이다 — 이 곡식알에 저장될까. 딱총나무숲이 아직 울창하지 않은 덕분에 부엌 식탁의 내 자리에서 볼 수 있는 우리 집 뒤의 거대한 곡식밭은 짙은 초록색이었다. 나는 이 상태에 알맞는 단어를 찾았다. '초원'. 녹색의 초원이었다. 시골에서는 늘 낡은 어휘들을 다시 불러들일 위험이 있었다.

그날 하늘에 구름이 한 점 없었다. (대체 나는 왜 이때 '죽는 시간'을 생각했을까?) 너의 서늘한 그늘 안/ 너의 부드러운 초원 위/ 너 다정하게 머무는 곳/ 너 다정하게 머무는 곳.[7] 몇 년 동안, 몇십 년 동안 떠오르지도 않던 노래들. 내가 먹는 모든 것에 비판적인 그 시선을 던지는 부서에 나는 보고했다. 내 냉장고 안의 달걀들은 사고 이전에 피폭되지 않은 풀, 피폭되지 않은 곡식을 먹은 닭의 몸 속에서 자랐으며, 곧바로 소비조합에 배송되고 날인도 없어서 신선함이 보장됩니다. 하지만 또 아주 신선하지는 않습니다. 어제 낳은 것처럼 신선하지는 않습니다.

---

6 핵종(核種, nuclide): 원자핵을 이루는 양성자 수 Z, 중성자 수 N 및 그 에너지 상태로 구분되는 원자 또는 원자핵의 종류.

7 독일 시인 호프만 폰 팔러스레벤(Hoffmann von Fallersleben, 1798~1874)의 시 「자 우리 노래와 소리로 작별하사So scheiden wir mit Sang und Klang」. 가사가 조금 다르기는 하지만 이 시를 가사로 한 민요풍의 노래로 추정

오 하늘이여, 빛나는 창공이여.[8]

방사능은 유리한 경우와 불리한 경우에, 어떤 법칙에 따라 얼마나 빨리 퍼질까. 누구에게 유리할까? 방사능이 바람을 타고 퍼진다면 적어도 폭발 지역의 거주자들에게는 직접적인 이득이 있을까? 방사능이 좀 더 높은 대기층으로 올라가 눈에 보이지 않는 구름이 되어 떠나가 버린다면 이득이 있을까? 할머니 시대에는 '구름'이라는 단어로 응결된 수증기 외에 다른 것은 상상할 수도 없었다. 하얗고 어쩌면 어느 정도 아름다운 형태를 지닌, 환상을 불러일으키는 하늘의 형상이었다. 바삐 움직이는 구름들이여, 대기의 항해자들이여/ 너희와 함께 방랑하고, 너희와 함께 항해한 사람은…[9] 그 사람들은 어딘가 다른 곳으로 갈 거야. 우리 할머니의 설명이었다. 할머니는 이주를 강요당하지 않았더라면[10] 절대 여행을 몰랐을 것이다. 동생아, 왜 우리는 그렇게 움직임에 집착하는 걸까?

작년에 우리는 감당하지 못할 만큼 많이 자두를 수확해서 잼

8　클라우스 호프만(Klaus Hoffmann: 1951-): 독일 가수, 연기자, 작가, 작곡가의 「해적의 발라드Ballade von den Seeräubern」의 일부.

9　프리드리히 쉴러(Friedrich Schiller, 1759~1805)의 희곡 『마리아 슈투아르트』의 대사.

10　이 대목에서 크리스타 볼프의 이력을 알 수 있다. 1929년 동독 란츠베르크에서 태어난 그녀는 1945년 제2차세계대전이 끝나고 고향이 폴란드령이 되면서 메클렌부르크로 강제 이주했다.

을 만들었는데, 그 잼은 할머니의 박수를 받을 만했다. 할머니는 잼 위에 계피를 뿌리곤 했지만 우리는 할머니를 따라 하지 않았다. 할머니라면 말라버린 빵 귀퉁이를 플라크 씨네 사료통에 넣지 않으시겠지만, 나는 잠시 망설인 뒤에 사료통에 집어넣었다. 그분이라면 주말에 건포도도 넣고, 딱딱한 빵으로 폴란드식 빵 스프를 끓이셨을 것이다. 이 스프가 할머니 음식 중에 유일하게 내 마음에 들지 않았다. 할머니가 말씀하셨다. 죄짓는 거다 — 보통은 쓰시지 않는 단어다 — 빵을 버리는 건 죄짓는 거다. 나는 명심해야만 했지. 할머니의 유일한 훈계였다. 그분, 우리 할머니는 겸손하셨어. 동생아 —

우리는 살아 있다. 지금 이 순간 그리 풍요롭지 않다고 너한테 고백할 거야. 너에 관해서 말하자면 그래. 네 생명은 어쩌면 비단실이 아니라 어떤 다른 종류의 실에 매달려 있을 거야. 내 생각엔 페를론[11] 실에 달려 있는 것 같아. 이제 막 너의 뇌막을 따라 금속 도구가 움직이고 있어, 어쩌면 끝에 현미경이 달린 다른 도구를 위한 공간을 만들려고 뇌 덩어리를 옆으로 밀어놓을 거라고 생각한다… 어제 우리가 다시 한번 더 통화했을 때, 나는 최근 TV에서 본 것을 너한테 이야기하지 않았다. 그건 인간의 뇌 수술을 위해 특별히 개발된 컴퓨터였는데, 절단할 때 백분의 일 밀리미터

---

11 페를론: 나일론류의 합성 섬유.

의 정밀도로 프로그램할 수 있어서, 인간의 손보다 실수가 더 적다고 한단다. 그렇지만 우리는 서로 확인했지. 너의 외과의사의 경험과 손끝의 감각을 100% 믿을 수 있다고 말이다.

나는 설거지통에 넣으려던 컵을 손에 들고 서서, 수 차례 아주 깊이 생각하고 또 생각했다. 너는 그 외과의사의 경험과 손끝 감각을 믿어도 된다. 우체국에 가는 길에 나이 지긋한 바이스씨 집에 들렀다. 그가 전직 마굿간 노동자가 아니라 은퇴한 선장처럼 보인다는 생각이 다시 들었다. 전직이라고? 그가 말했다. 말도 안 돼! 자신은 밀덴니츠 강에서 낚시도 하고, 마을 호숫가의 울타리 친 목장에서 양송이버섯을 찾는 것은 물론이고, 올해에도 다시 송아지 몇 마리를 돌볼 것이라고 했다. 83세는 늙은 나이가 아니란다. 당연히 자신의 부친처럼 90살까지 살지도 모른다 했다… 뭐라고요! 물통을 들고 문밖으로 나오던 그의 아내가 말했다. 갑자기 죽으려는 건가! — 겨울이요? 아이고, 그녀가 계속 말했다. 고약하고, 고약해요. 하루에 몇 번씩이나 불을 때고, 추위는 진짜 끝날 것 같지 않았어요. 그리고 밖으로 나갈 수가 없어서, 도시에 사는 아들네한테도 갈 수 없었어요. 버스도 전혀 다니지 않았어요. 그리고 그녀는 바이스 노인 즉 남편을 '우리 아버지'라고 부르면서, 그가 그녀를 하룻밤도 외박을 못하게 해서, 감옥에 갇힌 것처럼 여기서 살았다고 했다. 그러자 바이스 노인이 느긋하게 말했다, 그게 훨씬 더 좋은 일이야! 여자는 집에 있어야 해. 그러자 그의 아내가 말했다. 직접 들으셨죠, 이렇게 40년이나 살았어요.

　동생아, 우리는 그 장면들을 알고 있어야 해. 아무튼 나는 한 난민 처녀가 피난 온 일련의 장면들을 아주 잘 알고 있어. 그녀는 자신의 어머니와 어느 황량한 농가 마을의 오두막에 기거했지. 그곳에는 농부의 아내만 남아 있었는데, 그녀는 거의 같은 시기에 처녀의 어머니와 함께 티푸스로 사망했어. 우리도 잘 알다시피 전쟁 직후 메클렌부르크 지역에 티푸스가 갑자기 퍼졌잖아. 그래서 오두막의 주인인 마구간 노동자 바이스가 감옥에서 풀려나 돌아왔을 때, 집에는 이 낯선 처녀뿐이었어. 바이스는 아주 젊었고 완전히 혼자였고 수줍음이 많은 실향민이었지. 숙소라고는 자신의 오두막이 전부였어. 인생이란 말이죠, 흘러가야만 하는 대로, 그렇게 흘러가는 거예요. 바이스 부인은 불행을 말하려는 것 같은 덤덤한 어조로 계속 말했다. 그리고 나는 수많은 작은 불행에서 큰 불행이 나온다고 생각하기 때문에, 작은 불행들을 개선하려고 해요. 그리고 매일 다니는 정기노선 버스 개설에 모두 힘써야 한다고 생각해요. 자신을 '우체국장'이라 부르는 굿야르씨가, 아, 모든 걸 다 할 필요는 없어요! 그는 오늘의 나처럼, 누군가가 일정 금액을 인출하려는 경우를 대비해 약간의 예비금을 준비해 둔 이런 용의주도함을 자랑했다. 그는 말했다, 모든 게 잘될 겁니다. 늘 잘될 겁니다, 그렇게 되기를 바라야만 하죠. 내 말이 옳아요, 그래요! 그러고 나서 나한테 밤에 혼자 집에 있으면 무섭지 않냐고 했다. 도대체 누구를 무서워하냐고 물었더니, 그 말도 맞습니다, 라고 그가 대답했다. 나는 상이군인인 그가 어떻게 작센 지방에서부터 여기로 흘러 들어오게 되었는지, 어떻게 자신과 대가족을 위해 임금과 빵을 벌었는지, 기꺼이 이런 이야기 전부를 한 번 더 들어주었다. 그리고 나서 길고 가는 상자에서 기분 좋게 적십자 복권 몇 장을 뽑았다. 그러자 굿야르 씨는 당첨금 100만 마르크짜리 복권은 잘 숨겨두었다고 말했다. 우리는 웃었고, 나는 두 번째 복권을 뜯어 그에게 내밀었다. 5마르크가 당첨되었다. 저런. 굿야르 씨가 말했다. 내가 얼마나 당첨금을 원했는지, 그날 얼마나 미신적이었는지 그가 알 리 없었다. 당첨금 5마르크로 다시 뽑은 복권 5장은 꽝이었는데, 정말 아무렇지도 않았다. 딴 만큼 없어지는 거죠. 굿야르 씨가 말하면서 마굿간에서 온 젊은 동료의 용무를 재빨리 처리했다. 젊은이는 등기우편을 수령했고 좁고 썰렁한 우편실에 술 냄새를 남겼다. 양육비 청구서예요. 굿야르 씨가 말했다. 젊은이는 이혼한 뒤에 술을 더 마신다고 했다. 그의 아내가 썩 쓸만하지는 않지만, 오늘날 어떤 여자가 술 취한 남편이 자신을 때리게 두냐며, 나한테 그것에 대해 한 말씀 해보라고 했다. 나는 그런 여자는 없다고 대답하면서 굿야르씨는 원자로사고를 어떻게 생각하는지 묻지 않을 수가 없었다. 아, 아세요. 벌어진 일은 돌이킬 수 없어요. 그렇지만 항상 많이 부풀려지지 않나요? 그리고 그는 말을 이었다. 자신은 어쨌든 살면서 이미 나쁜 불행에 빠져버렸다고. 자기처럼 늙고 병든 남자에게 뭐가 더 일어나겠냐고. 모든 일에 어울리는 격언이 있다. 모르는 게 약이다고. 자신은 그것을 지키며, 라디오에서 나오는 모든 소동은 귀담아듣지 않는다고 했다. —

수술은 서너 시간 걸릴 것 같단다. 이제 막 두 시간이 지났다, 동생아, 힘들어지기 시작할 거다. 우리는 그걸 느끼고 있다. 그건 그렇고 그사이 너의 시간은 어떻게 가고 있니? 너는 어떤 시간을 보냈니, 어디에 있니? 내가 우체국에서 우리 집으로 400~500걸음 걸어가고 있는 동안에. 이때 나를 멈춰 서게 한 어떤 일이 발생했다. 얘, 동생아. 무슨 일이냐? 마음이 편안하니? 이제 내 말을 좀 들어봐. 올해는 1986년이다. 너는 53살이다. 우리가 삶이라고 부르는 것이 끝나려면 한참 남았다. 젠장, 근데 이 둔감하고 죽어버린 세포가 네 안에 있다. 이 세포는 견딜 수 없이 지루해하며 오직 한 가지, 암을 만들어 내는 일을 영원히 반복하도록 되어 있다. 내가 말하는 데 거기에는 또 다른 세포들도 있다, 수 백만 개, 내가 무슨 말을 하는 거야! 수억 개나 되는 세포들이 있어 — 머리를 돌리지 마, 이 자세는 취하지 마, 더구나 오늘은 그러지 마! — 내가 말하는데, 그 수억 개나 되는 세포들은 매우 활발하다, 그래, 너의 복잡한 뇌 구조 속에서 세포들은 특별히 민첩하고 아주 호기심이 많다. 그 세포들은 뭔가를 체험하려 하고, 너는 그것들을 그냥 방치할 수도 없고 죽게 내버려 둘 수도 없다. 왜냐하면 5분 동안 네게 무슨 일이 일어나든 너는 상관하지 않으니까. 지칠 대로 지쳤지, 동생아? 죽을 만큼 힘들어? 너는 평소에는 과장을 안 하지. 네가 마취 상태라서 슬그머니 그 상태에서 도망칠 수 있다고 생각하는 거냐? 아무도 그걸 눈치채지 못할까? 너의 생명선은 좀 약할지도 몰라. 그것을 대신해 이 보충선이 생성되었고, 두 겹으로 봉합되어 더 잘 견딜 거다. 어머니는 그렇게 말씀하시겠지. (나 대신에 동생 좀 잘 돌봐 줘라!) 하지만 분명히 네가 붙잡아야 해. 긴장을 늦추지마라, 동생아! 버텨라. 그래, 그렇게 해. 이제 내가 조금 당겨볼게, 네가 벌써 보인다, 점점 더 가까워지고, 더 분명해지고. 이제는 아주 가깝다. 그렇게. 아주 가까운 것 같아. 다시는 긴장을 늦추지 마. 그건 약속 위반이야.

    내기할래, 도구들은 절대 고장난 적이 없었다고? 낭창거린 적이 없다고? 그건 아주 단단한 도구야. 그렇지 않다면 외과의사들은 무엇을 의지하겠니. 그들의 말에 따르면 유감스럽게도 수술 부위 바로 근처에 시신경이 지나가지만, 수술하는 내내 잘 다룰 것이라고 한다. 여기에 대해 할 말은 없다. 아니면 시신경이 집에서 단추를 달 때 사용하는 삼실만큼이나 강할 거라고 생각해야만 할까? 아니, 의사들 말로는 시신경에 심각한 위험은 없대, 너는 이렇게 말했지. 시신경에 대해서 앞으로 아무 말도 하지 말고 생각조차 하지 말자고. 내가 은밀히 상상하는 모든 것을 네가 어떤 하나의 감각을 통해서 혹은 어떤 여러 감각들을 통해서 네 안으로 받아들이는지, 내가 그것을 어떻게 알겠니. 보기 듣기 냄새 맡기 맛보기 만져보기 — 이것들이 전부라고? 누가 그걸 믿겠어.

우리는 그렇게 둔감한 존재로 세상에 내보내어지지는 않았다. 내장형 가이거 계수기[12]에 대한 요구가 오히려 불손하게 들릴지라도, 심지어 우스꽝스럽게 들릴지라도 말이야. 수백만 년 전에 누가 예견했겠는가, 바로 이 장치가 한때 우리 종족의 생존 확률을 높여줄 거라고 —

한편 오늘 가이거 계수기의 눈금에 우리 집 앞의 아주 싱싱하고 푸른 잔디가 어떻게 측정될지 꼭 알고 싶지는 않았다. 하지만 여느 때처럼 샐러드 점심을 먹기 위해서 지나는 길에 습관적으로 땄던 가장 작고 여린 민들레잎 몇 장을 그냥 던져버리고 말았다. 그렇게 된 데는 서로 다른 다양한 채널에 맞추어 놓은 크고 작은 라디오에서 모두 방송시간 내내 '녹색채소 금지, 아동에게 갓 짠 우유 금지'를 권했기 때문이다. 위험을 알리는 새로운 이름이 퍼졌다. 즉 요오드 131이었다. 알다시피, 갑상선은 방사능 요오드를 가장 많이 축적하는 민감한 신체기관이다. 있을 법 하지 않은 상황까지도 예견한 사람들은 어제부터 방송국 주변의 약국에서 요오드정제 재고를 매점했다. 배운 바로는 그것은 꼭 필요한 것도 추천할 만한 것도 아니었다. 이 일반 요오드는 다른, 즉 나쁜 요오드가 들어오지 못하도록 갑상선을 봉쇄한다고 한다, 하지만…

---

12 가이거 계수기(Geiger 計數器): 이온화 방사선을 측정하는 장치. 손으로 들고 다닐 수 있어 널리 사용되는 방사능 측정장비.

그때 나는 베를린으로 빨리 전화해야 했지만, 그들도 이미 다 듣고 있었다. 잎채소나 시금치는 어차피 살 수도 없었고, 갓 짠 우유는 아이들에게 더 이상 주지 않는다고 작은딸이 말했다. (오, 우유 경건치 못한 신념, 쓴 음료…) 그렇지만 딸은 어제 오후 아이들과 모래상자[13]에서 놀았고, 그런 뒤에 안타깝게도 애들을 목욕시켰다고 했다. 저런, 이 말을 듣지 않았었나? 아이들이 밖에 나갔다 들어오면 샤워를 시켜야만 한다고 들었다. 목욕은 피부를 부드럽게 만들고 땀구멍을 열어놓아, 방사능이 몸에 더 많이 들어오게 한다는 것이다. 과장일까? 그것을 좀 알면 얼마나 좋았을까.

나는 딸의 목소리에 대해 물었다, 목에서 어떤 소리가 나느냐고. 그 애는 밤에 잠을 못 잘 때와 같은 목소리가 난다고 했다. 그럼 이제 나는 분명히 밤에 왜 잠을 못 자는지 또 알고 싶어질 것이다. 그러면 딸은 곧바로 그리고 자발적으로 말할 것이다, 이제야 소식이 도착했는데, 모든 게 이미 너무 늦었다고 한다. 두 아이가 각자 침대에 누웠는데, 이 모습을 보면 견딜 수가 없다고, 그래서 잠을 못 이룬다고 말이다. 그러면 이제 불면증에 대해 더 나은 이유를 말할 수 있는지 물었다.

그래, 나는 말했다. 아냐. 다른 한편으로 ─

---

[13] 독일의 어린이 놀이터에는 모래 장난을 할 수 있도록 넓고 낮은 상자 안에 모래를 담아놓은 곳이 있다.

그때 작은 딸이 엄마! 하더니, 이제 그만 좀 해라. 엄마가 어떻게 아냐, 안 그러냐? 아이들은 아무것도 배우지 못해. 그들은 모두 아프다. 아니면 우유를 천 리터씩 쏟아 버리는 것 외에 무슨 일이 일어나겠냐, 가장 건강한 식품으로 아이들을 가장 빨리 독살시킬까 봐 두렵다. 지구 반대편에서는 바로 이런 식품이 부족해서 아이들이 죽어가고 있다고 했다.

잠시 서로 아무 말도 하지 않았지만, 우리의 생각이 아주 교묘하게 숨겨진 비밀을 비벼대며 상처를 내는 것 같은 기분이 또다시 들었다. 서술할 생각이 없는 이미지들이 머리속에서 흘러가는 것을 보았다. 동시에 내게 떠오른 이런 이미지들을 더 생생하게, 더 무자비하게 서술해야만 하지 않았을까 자문해야 했다. 하지만 곧 이것은 문제가 안 된다는 것을 알았다. 그리고 마음속에 떠오른 모든 게 두루뭉술하며 의미가 충분하지 못하다는 것을 알아차렸지만, 몽유병처럼 분명히 서로 맞물려 있다는 사실에 다시 한 번 경탄했다. 대부분 사람들의 쾌적한 삶에 대한 욕구, 높은 설교단 뒤의 연설자들이나 흰 가운을 입은 남자들을 믿고자 하는 대다수의 성향, 모든 사람이 순응을 추구하고 모순을 두려워하는 성향은 소수의 사람들의 권력 욕구와 오만, 이윤 추구욕, 파렴치한 호기심, 자기애와 상응하는 것처럼 보인다. 이 평가에서 잘못된 것이 대체 무엇이었을까?

나는 딸에게 뭔가를 더, 제일 좋은 것은 아이들에 대해 얘기해 보라 했다. 그래서 이런 이야기를 들었다. 작은 아들이 나비볼

트를 엄지손가락에 끼고 손을 높이 든 채 부엌으로 의기양양하게 들어오며 나는 카스퍼[14]야, 나는 카스퍼야라고 외쳤다고 했다. 그 상상이 나를 강한 충격에 빠지게 했다. 아이가 카스퍼가 무엇인지 어떻게 알았을까. 한 살 반 된 아이가 변신하는 게 흔한 일인가. 딸은 자기 아이가 자기 자신뿐만 아니라 모든 사물을 변신시킨단다. 머리 부분에 냄비 잡는 행주가 씌워진 우유 거품기를 노파라 하고, 이 노파가 식탁 위에서 춤추는데, 누나인 마리가 냄비 잡는 다른 헝겊으로 노파를 한 방 때려 노파가 신음하기 시작하면, 아들이 울어서 커다란 눈물방울이 뺨을 타고 굴러 내리면 놀이는 그만둬야 한다고 했다.

그 작은 남자애들, 내가 말했다. 눈물을 억지로 참으려고 그애들이 어떤 행동을 하냐고 내가 물었다.

작은 딸이 말했다. 그 애들은 나중에 복수해요. 딸은 확신하는 것 같았다. 사랑의 능력을 빼앗긴 사람은 반드시 다른 사람들이 사랑하는 것을 방해해요.

작은 애를 잘 눈여겨봐야 할 것 같다고 내가 말했다.

작은 딸은 결코 그런 일을 용납할 수 없다면서, 마리에 대해 이야기했다. 마리는 율리우스라는 남자친구가 있다고 했다. 마리는 거의 매일 유치원에서 그 아이를 데려오는데, 두 아이는 다른 사람과 떨어진 작은 벤치에서 손에 손을 잡고 앉아서 서로 질문

---

14 카스퍼(Kasper): 주로 손 인형을 사용하는 인형극의 주인공.

을 한단다. 너는 내 친구지? 나는 네 친구야. 너도 내 친구지? 그런 다음에 케이크 한 조각을 같이 베어먹고 같은 잔으로 마신다. 그러면 작은 아들이 그 두 아이 앞에 우뚝 서서는 양손은 뒷짐 지고 탐욕스럽고 주의 깊게 아이들의 말과 행동을 듣고 본다는 것이다.

내가 말했다. 들어봐. 지금 네 아이들 이야기랑 비교해 보면 셰익스피어와 그리스 비극도 나를 감동시키지 못할 것 같아. 그건 그렇고 60년대 실행했던 지상 핵무기 실험 때의 방사선 피해가 현재보다 더 컸었다는 사실을 아니?

위로할 줄 아시네요. 작은 딸이 말했다 ―

이제 태양 빛이 집과 길 쪽을 향해 난 풀밭 위로 가득 쏟아졌다. 일 년 중 가장 아름다운 하루가 될 것임을 알 수 있었다. 동생아, 네게는 이런 날이 없다. 너의 감각들은 이날에 몰두하고 있더라도 너는 그것을 제대로 인지하지 못한다. 이 구름 한 점 없는 푸른 하늘이 네게서 사라질 거다, 오늘 수백만 명의 겁먹은 시선과 우연히 마주치는 이 순수함의 상징이 말이다. 의사들이 네 오른쪽 눈썹 위를 깔끔하게 갈고리 모양으로 절개한 뒤에, 모든 혈관을 조심스레 집게로 봉합하고, 두피는 가능한 양쪽으로 넓게 벌리고, 뇌 덩어리는 옆쪽으로 밀어 포일을 씌운 뒤, 뇌하수체를 손상시키지 않고 질병의 핵심에 가능한 한 접근하기 위해 집중할 거다. 젊은 간호사가 네게 알려준 것처럼, 뇌의 특정 부분들이 손상된다면 성격의 변화까지도 일어날 수 있다. 너는 전망이 밝다고 말했다. 그러자, 그럼 너는 네 성격에 그렇게 많이 집착할 거냐고 내가 무례하게 물었다. 너는 대답했다. 습관의 문제야. 전에는 온순했던 환자가 갑자기 공격적이 되어 간호사를 공격해. 그러면서 모든 신생아에게 전극을 심어서 온순함의 문제도 해결할 수 있다고 했다. 그래, 멋진 신세계[15]야라고 나는 대답했다. 그건 그렇다 쳐도 전뇌는 목표 지향적인 너의 태도에 책임이 있을 뿐만 아니라, 대부분의 연합중추들도 포함된다. 인간한테는 의식을 포함한다. 나는 너의 의식이 존재하는 그곳을 촉진하기에 적합할 아주 정확하고 조심스러운 기구를 상상해 봐야만 했다. 금속을 고려해 볼 수 있겠지? ㅡ

　　　　　　채소를 재배하기에 우리 땅은 늘 어려움이 있었다. 3일째 비가 내리지 않아서 치토(埴土)[16]는 딱딱하고 돌처럼 굳어져서 경작할 수 없었다. 그렇지만 나는 괭이와 갈퀴로 흙을 잘게 부숴 못자리를 만들려고 애썼다. 거기에 파종 꼬챙이로 너무 깊지도 너무 평평하지도 않게 고랑을 파서, 수영 스프[17]를 위한 갈

---

15 올더스 헉슬리가 1932년에 출판한 책 『멋진 신세계』 중, 인간을 태아와 유아 때부터 영양과 환경을 차별적으로 공급하여, 감성과 지능, 신체조건에서 등급이 다른 인간을 만드는 내용을 의미하는 듯하다.
16 치토(埴土): 진흙이 반 이상 들어 있는 흙. 점착력이 강하고 공기 유통과 배수가 잘 안되어 경토로는 좋지 않지만 모래를 알맞게 섞어서 양토로 이용한다.
17 수영 수프: 라트비아, 러시아, 리투아니아, 벨라루스, 에스토니아, 우크라이나, 폴란드 등 동유럽 지역에서 먹는 전통 수프. 수영 잎이 주재료로 쓰

색의 둥근 수영 씨앗, 아주 작고 뾰족한 상추 씨앗과 시금치 씨앗을 뿌릴 생각이었다. 아주 조심스럽게 그리고 화를 내며 일했다. 일하면서 낮은 소리로 욕하는 모습에서 내가 화난 것을 알 수 있었다. 욕을 멈추고 역시 큰 소리로 대체 왜 이러지, 라고 자문할 때까지 그랬다.

그들이 이제 상추와 시금치에 대한 우리의 기쁨도 빼앗았기 때문이다.

대체 누구일까, 그들은.

사과나무 아래 빈 땅에서 다닥냉이[18]가 나오고 있다. 다닥냉이는 "섬세하게 다루어야 한다. 그래야 비타민 A, C, D, E와 요오드가 거의 완벽하게 보존될 수 있다." 손가락 끝에 달라붙을 정도로 아주 작은 씨앗에서 싹이 나중에 돋아나는 것을 보기 위해 그리고 몇 주, 몇 달 동안 식물의 성장을 추적하기 위해, 가공할 위험이 내재하는 그런 종류의 기술에 종사하는 사람들이 이런 씨앗들을 땅속에 묻어본 적이 평생 있기나 할까 하는 의구심이 문득 들었다. 곧 내 논리의 오류를 깨달았다. 누구나 듣거나 읽어서 아는 사실은, 힘들게 작업하는 과학자나 기술자는 긴장을 풀기 위해서 종종 정원일을 한다는 것이다. 나이 든 사람들에게만 이런

이며, 수영 잎에 함유된 옥살산 때문에 신맛이 난다.
18 다닥냉이(학명: Lepidium apetalum): 배추과의 두해살이풀. 귀화식물로 북아메리카 원산이다. 정력(葶藶)이라고도 한다.

논제가 해당되는 것일까, 현재 전권을 갖고 있는 젊은층에게 이것은 시대에 뒤떨어진 것일까? 나는 어쩌면 과학자와 기술자들은 모를 그런 활동과 기쁨의 리스트를 한 번 작성해 볼 생각이 들었다. 그러면 어떤 결과가 나올까? 솔직히 말하자면 나는 모르겠다. 나는 그냥 단순하게 생각해 보았다, 몇 달 동안 젖먹이를 수유하는 어떤 여성의 경우에, 그녀의 뇌에 있는 특정 부분의 제동장치가 모유를 중독시킬 수도 있는 새로운 기술들을 촉진하는 것을 말과 행동으로 피하게 할 정도로, 우리 두뇌의 상이한 부분들이 서로 영향을 끼치는 것은 아닐까 하고.

나는 집 주변을 돌아다녔다. 온기가 들어오고 언제든 전화벨 소리를 들을 수 있도록 창문을 모두 열어놓았다. 어쨌든 우리가 올해 심은 구스베리 관목과 체리나무들이 가까이 있었다. 풀씨는 싹이 터서 집 가까이에 큰 잔디밭을 갖고 싶은 우리의 바람이 이뤄질 것 같았다. 아욱의 새순이 집 벽에 붙어 쑥 자라났고, 달리아의 순은 벌써 두 개나 땅을 뚫고 그 부드러운 잎끝을 내었다. 기특하다, 이렇게 말하는 내 목소리가 들렸다. 기특하다, 기특해. 그게 너희 마음대로 되지는 않아. 너희는 너희 일을 하고 있어.

눈부신 하늘. 이제는 이런 하늘도 생각할 수 없다. 우리는 조직학적 상태에 근거해서 방사선치료를 포기할 수 있습니다, 교수는 네게 이렇게 말할 거다. 하지만 우리는 아직 그 단계까지는 아닙니다. 지금 그런 식의 다행스러운 경과를 간절히 바랄 뿐입니다.

기다린 전화가 오기에 아직 너무 이른데도 전화벨이 울리자 나는 집 안으로 달려갔다. 서로가 그리 자주 통화하지 않았지만 나는 여성의 목소리를 알아차렸다. 그녀는 그냥 내 목소리를 듣고 싶다고 했다. — 좋은 생각이라고 말해주었다. — 그녀는 자신이 나를 좋아하는 걸 내가 알고는 있냐고 물었다. — 나는 그러길 바랐었고, 그렇게 추측하기도 한다고 했다. — 이제는 나도 안다. — 그렇다. 그리고 그래서 기쁘다고 했다. — 요즘 하루는 그렇다고 한다. '연쇄반응'은 어릴 때부터 그녀에게 엄청나게 두려움을 주는 단어였다고 한다. — 그 단어가 나왔을 때 나는 어린아이가 아니었다고 했다. 어쨌든 오늘 내 동생이 수술을 받는다고 말했다. — 아. 그녀는 내가 동생이 있다는 걸 전혀 몰랐단다. 심각한 가요? 라고 말하더니 이제 전화를 끊겠다고 했다.

그런 뒤 나는 그녀의 방 — 책과 원고들로 점점 가득 차 가는 방 — 에 있는 그녀를, 호리호리하고 쪼그라든 모습에 동작이 적은 그녀를 보았다. 각각의 낱말이 여전히 기이하지만 딱 맞게 제자리에 있으면서, 아직 종이에 쓰이기 이전에 머릿속에 들어있던 생각과 낱말들이 서술하고자 하는 기이한 궤도. 그녀의 오래된 책상. 마당 쪽으로 난 베를린식 창문. 내가 이 여자친구와 있을 때 가끔 타인을 이해하기가 어려웠는데, 친절이 그 이해를 얼마나 쉽게 해주는지 잘 생각해 봐야만 했다. 그녀가 또 말하기를, 자신은 이해받기 위해서 오직 더 많이 노력해야 할 것이라고 했다. 그러면서 이해할 수 없게 하는 것은 일종의 자기 보호라고도

했다. 그러자 나는 그러한 고백이 작품 전체의 평가에 어떤 결과를 가져올지 그녀에게 경고했다.

동정은 당치도 않아요, 적어도 오늘은.

여자친구가 말했다. 지구에서 광채가 사라졌어요, 안 그래요? 이 문장이 내 책상 위의 종이들 사이로 파고들었다. 그냥 한 번 책상에 다가갔다. 주변의 온갖 죽음, 타락, 몰락, 위협 속에서도, 언젠가 한 번 시도했던 노선을, 언어에 사로잡힌 채 선망하는 작가들을 생각했다, 그 작가들은 글을 쓰면서, 절대 도달하지 못할 한 가지 목표를 향해 확고하게 계속 뒤쫓고자 했다. 나는 회전의자에 앉아서 종이들을 쳐다보았고, 각각의 문장을 읽어보고는 이 문장들이 나를 감동시키지 못한다는 것을 알았다. 그녀나 나 자신, 아니면 우리 둘 다 변했다. 그리고 나는 화학 처리를 거친 뒤에야 비밀스러운 진짜 글이 드러나는 문서가, 반면 의도적으로 중요하지 않게 만든 원래의 텍스트는 위장이라는 것이 밝혀지는 그런 문서가 생각났다. 조명 아래서 내 종이 위의 글자들이 색이 바래지더니 사라지는 것 같았다. 행간에 영속적으로 숨겨진 텍스트가 언젠가 드러날지는 아직은 잘 모르겠다. 나는 사악한 종류의 자유에 대해 새로운 경험을 했다. 모든 복종을 거부할 자유, 스스로 부과한 의무들에 대한 복종까지도 거부할 자유가 있다는 것을 체험했다. 이런 종류의 의무들조차 붕괴될 수 있다는 게 처음으로 가능하다고 생각했고, 어떤 습관도 그런 의무를 대신할 만큼 충분히 강력하지는 않을 것이라는 것을 분명히 깨달았다. 아. 절대 거리를 좁힐 수 없는 목표를 향해 내가 기쁜 마음으로 얼마나 계속 나아갈 수 있을까.

내가 목표 없이 어떻게 갈 수 있단 말인가?

홀가분하게, 이 단어가 여기에 적합할지 모르지만, 나는 휴가를 갖기로 했다. 오늘은 아무것도 쓰지 않는다. 나는 잠시 더 앉아 있다가 집 뒤의 잔디밭과 딱총나무 울타리를 바라보았다. 딱총나무 울타리는 아직 많이 빽빽하지는 않지만, 3, 4주 뒤에는 그렇게 될 것이다. 그런 뒤 자리에서 일어나 밖으로 나가 맨손으로 잡초를 마구 뽑기 시작했다. 우선 새로 심은 작은 관목 주변의 시들어 가는 풀을 뜯었다. 아주 작은 개나리가 꽃을 피울 준비를 하고 있었다. 말도 안 돼, 이렇게 말하며 나는 개나리 숨통을 틔워 주었다. 생각은 다시 그 여자친구를 향했다. 그리고 내가 왜 이따금 그녀에게 철벽을 치는지, 그녀가 내게서 자신의 호의를 거둬 갈 만한 동기가 나한테 있다고 생각할 때마다 내가 왜 그런 행동을 하는지 자문할 수밖에 없었다. 언제나, 아니 거의 언제나 호의의 상실은 불안뿐만 아니라 적대감에 빠지게 만든다. 그러면 반감이나 냉담, 그것들이 우리에 대해 만든 형상으로 우리를 변화시키는 힘을 갖는 것은 어찌 된 일인가. 그늘의 풀은 아직도 이슬에 젖어 있었다. 나는 자동기계처럼 풀을 잡아 뜯으며 자동기계가 프로그램을 지우듯 내 생각을 지우고자 했다. 풀밭 가장자리에서부터 우리 쪽으로 자라난 별꽃아재비에게 말했다. 네 차례도 올 거야, 기다려 봐. 별꽃아재비는 한번 뿌리를 내리면 절대 다시 없애버릴 수 없다는 것을 예전 경험으로 알고 있다. 매시간 나의 작은 라디오에서는 오늘 어쩔 수 없이 정원에서 일해야 한다면 장갑을 끼는 것이 좋을 것이라 했다. 열심히 계속 맨손으로 잡초를 뽑는 동안, 나는 착각한 승리의 환호와 거의 비슷한 큰 소리를 지르는 내 목소리를 들었다. 어디 한번 두고 보자. 내가 덧붙여 말했다.

동생아, 이 시점에 그들이 벌써 고양이 창자 혹은 양 창자라는 실, 나중에 저절로 분해되는 실로 너의 머리를 꿰맸는지, 그런 것은 당연히 모르겠고, 그랬을까 하는 강한 의심이 들기도 한다. 그러기에는 아직 너무 일렀다. 그리고 예를 들어 뇌하수체와 뇌 사이의 연결을 유지하는 것은 여전히 문제였다. 미리 말하지만 그것은 성공했다. 그리고 '극단적으로' 앞서가는 것이기는 하지만, 너의 경우 뇌하수체 근처 아주 아주 가까이에 박혀있던 종양을 뿌리째, 그러니까 그 주변의 건강한 부분에서부터 마지막 세포까지 적출한다고 할 수 있다. 그리고 종양 주변의 매 평방 밀리밀터는 아주 예민하다는 사실을 매 순간 주의해야만 한다. 그 주변에 상해를 입으면 그 두려운 '손상들'을 야기할 수 있는데, 그 희생자들을 다른 병실들에서 볼 수 있었을 거다. 그리고 그 손상들에 대해서 우리는 별말 없이도 서로 이해했었다. 이 문제에 신경을 쓰는 대신 나는 차라리 쐐기풀에 관심을 기울였다 ―

이제 나는 당연히 분홍색 고무장갑을 끼고 있다. 질기고 깊게 뿌리 내린 땅속 줄기를 끈질기고 조심스럽게 몽땅 땅에서

뽑아낼 수 있는 지점을 발견할 때까지, 오른손으로는 쐐기풀 초본[19]을 잡고 왼손 집게손가락으로는 땅속의 뿌리가 뻗은 방향을 따라가는 것은 정말이지 말할 수 없는 만족감을 준다. 다 됐다. 너는 더 이상 아무런 해를 끼칠 수 없다. 반면에 나는 아무 말 없이 내 의식의 좀 더 깊은 층에서 쐐기풀의 어떤 지배자에게, 아니면 보다 큰 관련을 책임지고 있는 자연의 정령에게 내가 모든 쐐기풀과 싸울 생각이 없다는 사실을 보장했고, 다섯 종류의 나비가 영양 공급원으로 쐐기풀에 의존하고 있다는 사실을 아주 잘 알고 있다. 그리고 이 나비들은 우리 곁에서 여전히 부화할 것이다. 그런데 이름 모르는 아주 다른 식물이 있다. 끈적거리고 목표 의식이 뚜렷한 식물로 한 가닥의 작은 뿌리줄기에 달려 있는데, 땅에 뿌리를 내리려는 끈질김이 있을 것이라고는 절대 믿지 않는다. 돋아난 작은 잎들은 바늘 같다. 이 잡초는 작년에 딱총나무 덤불 틈새에 처음 나타난 뒤, 올해는 집 뒤 잔디가 심겨있는 차도 분리대 전체를, 특히 새로 쌓은 언덕을 정복하려는 듯이 보인다. 이 언덕에는 새로 씨를 뿌린 잔디는 아직 돋아나지 않았다. 그런데 이 망할 놈의 잡초가 그것도 대규모로 언덕을 덮었다. 없애 버리겠어! 나는 큰 소리로 말했다. 없애 버리겠어! — 나의 외할아버지도 악마가 물어갈 놈!이라고 말했었다. 할아버지는 악마를

---

19 초본(草本): 식물 지상부가 연하고 물기가 많아 목질을 이루지 않는 식물을 통틀어 이르는 말. 한해살이, 여러해살이 따위로 나뉜다.

어떻게 상상하고 있었던 걸까. 나는 잡초에게 말한다, 너를, 너를 절멸시킬 거야. 약속하지. 종자 보존은 생각도 안 할 거야.

    내 평생 단 한 번 키이우[20]에 간 적이 있었는데 막 5월이었다. 흰색의 집들이 기억난다. 경사진 거리들. 많은 녹색과 꽃들. 드네프르 강[21] 언덕에 있는 2차대전 전사자 위령비. 모든 것이 흐릿해지더니 다른 도시들의 유사한 형상들과 뒤섞인다. 당시에는 분명 선명했을 어떤 사랑에 대한 추억도 희미해진다. 언젠가, 곧, 모든 것이 추억이 될 것이다. 언젠가는, 아마 3, 4주 지나면 — 빨리 지나가길! — 이 날들에 대한 기억들도 그 선명함을 잃을 것이다. 드네프르 강, 동쪽 지역의 강 풍경은 잊을 수가 없다. 강의 굽이. 저편의 평야. 그리고 하늘. 오늘과 같은 하늘, 순수한 푸른빛.

    "…학자들의 발명에 따라 어머니들은 망연자실한 채 하늘을 유심히 쳐다본다…"[22] 이제 때가 왔다. 하지만 그들은 오랫동안 애를 쓸 수는 있겠지만 아무것도 보지 못한다. 그들 내면을 파

---

20 키이우: 또는 키예프. 우크라이나의 수도이자 최대 도시.
21 드네프르 강: 러시아, 벨라루스, 우크라이나를 지나 흐르는 강. 1943년 이곳에서의 전투는 2차대전 중 가장 사상자가 많이 발생한 작전 중 하나로서, 쌍방의 사상자를 모두 합치면 최저 1백7십만 명에서 최고 2백7십만 명에 이른다.
22 베르톨트 브레히트(Bertolt Brecht, 1898~1956)의 시집 『독일의 방주들 Deutsche Marginalien』(1936-1940) 중에서 인용. 전쟁을 반대하는 많은 짧은 시가 수록되어 있다. *방주: 본문 옆이나 본문의 한 단락이 끝난 뒤에 써넣는 본문에 대한 주석.

고드는 의혹, 그것만이 순결한 하늘빛으로 하여금 이 유독한 색조를 띠게 한다. 악의에 찬 하늘. 그래서 어머니들은 라디오 앞에 앉아 새로운 단어들을 익히려 애쓴다. 거기에 더해 과학자들의 설명도. 과학자들은 어떤 경외심에도 속박당하지 않은 채, 자연이 내면 깊숙이에서 결합시킨 것을 인식할 뿐만 아니라 이용하려는 사람들이다. 반감기(半減期), 어머니들은 오늘 이 단어를 배운다. 요오드 131. 세슘. 그에 대한 다른 과학자들의 설명. 이들은 첫 번째 과학자들이 말한 것을 논박한다. 그래서 첫 번째 과학자들은 격분하고 어찌할 바를 모른다. 이제 모든 것이 방사능 물질 운반자와 함께, 이를테면 비와 함께 우리한테로 흘러내린다고 한다 —

      동생아, 하지만 외과의사들의 노련한 손이 너의 시력을 보존해 준다고 해도, 너는 우리처럼 볼 게 별로 없을 거다. 우리가 그것을 '구름'이라고 부르는 것은 과학의 진보에 언어적으로 보조를 맞추지 못하는 우리 무능함의 표시에 불과하다. 우리의 인식장치 — 이곳은 언어중추처럼 뇌의 좌측 절반에 자리 잡고 있다고 생각하는데, 이곳은 인간의 인식 기능이 나중에 모이는 곳이다 — 는 끊임없이 새로운 정보를 수용하면서 그것을 낡은 것, 그러니까 이미 입력된 것과 비교하면서 새로운 현상을 지칭하기 위해 보통 어떤 기호를 선택한다. 이 기호는 언어장치가 예전부터 알고 있던 물질의 현상 형태와 기호의 특징이 최대한 일치한다. 아마 너는 나한테 이렇게 과정을 설명할 거다.

이와 비슷하게 네가 과정을 설명한 적이 있다. 최근에 네가 너의 퍼스널컴퓨터에 저장한 프로그램을 나한테 처음 보여주었을 때 그랬다. 네가 프로그램을 불러내고 컴퓨터가 말을 듣자, 나는 네가 즐거워하는 모습을 봤다. 봤지? 컴퓨터가 이해했어. 지금 컴퓨터는 PH I를 찾고 있어. READY. 이거 보여? 이제 준비가 됐어. 이제 이 키보드를 누를 거야. 그러면 이제 컴퓨터는 지표에서 20미터 위쪽에 있는 근원지에서 임의로 발생하는 분출물이 어떻게 확산되는지 계산할 거야. 굴뚝이라고 가정해 보자. 그러면 유출물은 예를 들어 유황을 포함한 연기일 거야. 자. 이렇게 누나는 전체를 조망할 수 있어. 슥슥슥슥. 해당 그래프야. 이 시스템의 장점은 그림도 그린다는 거야. 이제는 과정을 볼 수 있어. 대략 200미터까지는 상당히 가파르게 올라가다가 그리고 그다음에 여기, 정점이야. 가정했던 20미터 높이의 굴뚝의 경우 발원지로부터 둘레 약 200미터에 반경에 유해물질이 집중될 거야. 그리고 굴뚝이 높을수록 유해물질이 환경에 영향을 주는 범주는 근원에서 더 멀리 확장되겠지. 이렇게 가정해 보자. 그러니까 굴뚝 높이가 30미터라고. 이젠 키보드. READY. 타다닥. 숫자. 이제 다시 그래프 키. 자 봐. 정점이 분명히 이동했지. 기대한 대로야. ― 동생아, 네 병실 침대에 컴퓨터가 있다면 너는 우리 구름들의 흐름을 계산할 수 있을 거다. 전제조건이 있는데 네가 컴퓨터에 입력하기 위해 방사능 원천의 강도, 원자로의 높이, 풍속과 같은 것에 대한 입력값을 알아야 하지. 그런데 너는 그걸 몰라 ―

그리스어로 A-tom(원자)이라는 단어가 라틴어 In-dividuum[23]과 같은 뜻이라는 게 참 신기하다. 나눌 수 없다는 의미다. 이 단어를 생각해 낸 사람들은 핵분열이나 정신분열이라는 것을 몰랐다. 그렇다면 점점 더 작은 부분으로 나누려는 현대의 강박, 나뉠 수 없다고 생각한 그 고대 개인의 전체 인격 부분들을 더 작게 쪼개려는 그 강박은 어디서 온 것일까 —

심장과 허파와 함께 수면 중에도 활동하는 인간의 유일한 기관인 뇌가 최심도의 마취 속에서 정말 휴식을 취할까. 그리고 뇌의 주변이 그것에게 진정한 자극을 끌어오지 못할 경우, 뇌가 자극원을 쉼 없이 찾는 것, 즉 대체 근원에서 자극을 만들어 내는 활동을 적어도 몇 시간이라도 멈출 수 있을까. 대체 문제에 막대한 과잉 에너지를 탕진하는 것은 규명할 수 없다. 따라서 이것은 문제 설정이 잘못된 것이다. 일명 핵에너지의 평화적인 사용을 고안해 낸 남자들의 뇌속의 쉬지 않고 작동하는 신경결합군에 어떤 외과의사도 도달할 수 없을 것이다. 그 신경결합군의 지속적인 흥분을 진정시킬 유일한 방법은 제어되지 않은 원자가 제어자들에게 제기하는 문제들을 푸는 작업뿐이었다. 그냥 시험삼아 추측하는 것인데, 이런 목

---

[23] individuum: dividuus의 명사형에 부정의 in이 붙은 형태로 '나눌 수 없음' 즉 '원자, 개체'라는 뜻.

표가 없었다면 그들은 무엇을 해야할지 몰랐을 것이며, 그들의 과도한 두뇌 활동으로 인해 끝없이 고통을 겪어야만 했을 것이다 ―

동생아, 너는 내가 부당하다고 생각할 거야. 그런데 나는 부당하거나 그렇게 보이는 게 꺼려진다. 너도 그 사실을 알고 있다. 왜 그런지도 아니? 나는 모든 이들에게 정의로움으로써, 다른 사람이 나에게 행한 유해한 불의를 다른 데로 멀리 돌리거나 또는 나를 흘러가게 했기 때문이야. 근데 너는 시인해야만 한다 ― 나중에, 오늘은 아니야, 오늘은 시인하지 마라 ― 평화로운 원자를 추구했던 그 남자들이 어떤 유토피아에, 모두를 위해 그리고 영원히 쓸 수 있는 충분한 에너지라는 유토피아에 끌렸다는 사실을 말이다. 그들이 원자를 제때에 달리 알 수 있었다면 어땠을까? 내가 처음 그들의 반대자들과 인연을 맺었던 것이 언제였지? 생각 좀 해보자. 그건 70년대 초였고 발전소 이름은 뷜[24]이었

---

[24] 뷜(Wyhl): 독일 남서부 바덴뷔르템베르크 주의 에멘딩엔 지역에 있는 자치단체. 1971년에 처음으로 원자력 발전소 건설 가능 부지로 언급되었다. 그 후 몇 년 동안 지역 주민들의 반대가 꾸준히 커졌지만 정치인과 기획자들에게는 큰 영향을 미치지 못했다. 그래서 결국 공식 허가가 내려졌고 1975년 2월 17일에 토목 공사가 시작되었다. 하지만 2월 18일에 지역 주민들이 자발적으로 그 부지를 점거했고 경찰은 이틀 후에 그들을 강제로 해산시켰다. 경찰이 농부와 그들의 아내들을 진흙 속으로 끌고 가는 모습이 텔레비전으로 보도되었다. 경찰의 거친 처우는 비난 받았다. 포도 재배자, 성직자, 그리고 다른 사람들은 더욱 결의를 다졌고 일부 지역 경찰

는데 세워지지는 않았다. 원자력을 '평화적'으로 이용할 경우 발생하는 여러 위험에 대한 첫 자료들을 우리 손에 쥐어준 젊은이들은 비웃음을 받았고 규제를 당했고 처벌받았다. 그리고 과학자들한테도 그런 대우를 받았다. 자신들의 작업을, 바라건대 자신들의 유토피아를 옹호했던 과학자들한테서도 말이다. "괴물"이라고? 그들이 괴물이었다고 내가 말했던가? 우리 시대의 유토피아들이 필연적으로 괴물들을 만들어 낼까? 우리가 유토피아 — 우리 모두를 위한 정의, 평등, 인간성 — 를 위해서, 우리가 유예하고 싶지 않았기에, 그 유토피아가 유토피아에 관심이 없는 자들과 싸웠을 때 그리고 목적이 수단을 정당화하는 것을 감히 의심하는 자들과 머뭇거리면서 싸웠을 때 우리는 괴물이었을까? 과학, 이 새로운 신이 우리가 바라는 모든 해결책을 가져다줄 수 있을까? 질문이 잘못되었나? 아마도 잘못된 이 질문을 몇 날 몇 주 동안 해결도 못하고 헤매고 있기 때문에, 나는 그저 오늘이 내게 준 핑곗거리만 너무 기꺼이 이용했나? 내가 잘못 설정한 질문들, 소심한 접근들 그리고 부적절하여 셀 수 없이 많은 접근에 중단된 내 원고에서 벗어나 휴가를 얻었다는 그 핑곗거리 말이

은 행동에 참여하기를 거부했다. 2월 23일 약 30,000명이 뷜 발전소 부지를 다시 점거했다. 다수의 사람들이 연루되었고 더욱 부정적인 홍보가 될 가능성이 있다는 점을 고려하여 주 정부는 그들을 해산시키려는 계획을 포기했다. 1975년 3월 21일 행정 법원은 공장 건설 허가를 취소했다. 공장은 건설되지 않았고 그 땅은 결국 자연 보호 구역이 되었다.

다. 가장 강력한 고통의 지점을 찾으면서 동시에 달아났다. 동생아, 갈기갈기 찢기는 이 감정이 어디에서 왔는지 알아야만 한다. 그 감정을 피해서 우주 속으로 심지어 원자 속으로 가려한다면, ― 아니 세상에나, 나는 이미 그것을 이해할 수 있다. ―

다음은 저 과학자들이나 기술자들이 어쩌면 실행하지 않을 일들의 리스트이거나 시간 낭비로 여길 법한 일들의 리스트이다. 젖먹이의 기저귀 갈아주기, 요리하기, 아이를 팔에 안거나 유모차에 태우고 장보기, 빨래하기, 널기, 걷기, 개기, 다림질하기, 수선하기. 바닥 쓸기, 걸레로 훔치기, 왁스로 닦기, 진공청소기로 청소하기, 먼지 닦아내기. 바느질하기. 뜨개질하기. 코바늘뜨기. 수놓기. 설거지하기. 설거지. 설거지. 아픈 아이 보살피기. 아이에게 들려줄 이야기 지어내기. 노래 부르기. ― 그런데 이 일들 중 얼마나 많은 일을 내가 시간 낭비라고 생각할까?

인간은 미완성이고 불완전하지만, 자신의 최적의 발전을 적극적으로 추구하는 존재로 정의된다는 것을 읽은 적이 있다. 나 ― 사유하기 위해 '자신'과 분리시키곤 하는 그 나는, 딱총나무 숲 사이의 빈 곳에 서서, 거대한 파도를 이루며 호수를 향해 달리는 듯한 초록 곡식밭 너머의 풍경을 거듭 마음에 새기며, 그 풍경에 점점 빠져들 것만 같으면서도 스스로 묻고 있는 나 자신을 아주 이상하다고 생각했다. 인간은 무엇을 원하는지 물어보고 있었다. 사랑하는 동생아, 나는 이렇게 생각했다, 인간은 강력한 감정들을 체험하고 싶어한다. 그리고 인간은 사랑받고 싶어 한다고 말이다. 종말. 모두 남몰래 그걸 알고 있고, 이 가장 깊은 열망을 만족시키는 것이 인간에게 주어지지 않으면, 성취되지 못하거나 허용되지 않으면, 그는, 아, 우리는! — 그러면 우리는 대체 만족을 마련하고, 대체의 삶, 삶의 대체에 매달리며, 온통 숨이 멎을 듯 확대된 거대한 기술적 창조물을 사랑의 대용품으로 만들어낸다. 동생아, 진보라 불리는 모든 것, 내가 집착하고 있는 모든 것은 내가 원하건 그렇지 않건 강력한 느낌들을 일으키기 위한 보조 수단에 불과하다("…무거운 기계가 내 허벅지 사이에 놓이면, 나는 내 보잘것없는 상사보다 정말 한없이 높고 강해진다…") — 이렇게 말할 수 있을 거다. 우리 세대는 우리 안에 있는 인간에 의해서만 강력한 감정들이 일어나며, 그 외의 모든 것은 수치이자 악덕이라고 믿는 마지막 세대이다 —

그런데 이제 다시 전화벨이 울렸고 나는 뒷문을 향해 있는 힘껏 뛰어 집 안으로 들어가서, 아직 한기가 도는 현관을 지나 어두운 복도를 거쳐 커다란 방으로 들어간다. 그 방 안에는 신호등 빨간색의 전화기가, 전화기는 축복받으라, 나무 궤짝 위에 놓여있다. 마침내 수화기를 귀에 대었을 때 네 아내, 올케의 목소리는 너에 대해 아직 아무 소식도 없다고 알려주었다. 간호사가 그들은 여전히 수술 중이라고 말했단다. 14시 이전에는 네가 입원실로 다시 돌아올 수 없다고 한다. 우리 둘 다 정말 오래 걸린다고 생각했다. 6시간, 그건 정말 길다. 하지만 우리는 오래 걸리는 이 수술이 무슨 징후인지, 크지 않은 소리로 묻고 정말 필요한 말만 했다. 과한 말 한마디가 아직 버텨야만 할 댐을 뚫어버릴까 봐 우리 둘 다 겁이 났기 때문이다.

그래서 나는 앞쪽 베란다를 지나 다시 밖으로 나가, 우선 창문턱 위에 있는 화분들을 그냥 재빨리 살펴보고 기쁜 놀람을 얻으려 했다. 추키니 싹이 났다! 여덟 개의 화분에서 돋아난 열일곱 개의 작은 싹들. 화분을 하나씩 들고 회녹색의 말려 있는 작은 잎들을 오랫동안 바라보았다. 처음에는 일명 팔꿈치, 즉 줄기가 땅을 비집고 나오고, 그런 다음에 며칠 뒤에 줄기는 고개를 꼿꼿이 들고 서서 잎을 펼친다. 그 꼭대기에 호박씨와 비슷한 씨앗이 아직 달라붙어 있다. 거기에서 잎이 만들어졌다. 내가 이해하지 못하는 과정이다. 내 생각에는 그 어떤 인간도 이 과정을 진정으로 이해하지 못한다. 추키니 싹이 돋는 게 나한테 왜 이리 큰 의미였을까? 나는 내 눈앞의 햇살 비치는 밭에서 작은 식물이 점점 자라나는 것을 보았다. 날씨가 좋으면 먼저 첫 잎을 펼치고, 끊임없이 성장하면서 뱀처럼 그 거친 줄기를 뻗어 다른 식물을 얽어맨다. 커다랗고 노랗게 빛나는 꽃들을 보았다. 열매들은 오이처럼 멋진 형태를 만들면서 짙은 녹색으로 빛난다. 앞으로 야외에서 식사할 때 그 중심은 튀김옷을 입혀 튀기고 마늘 소스를 바른 추키니 조각이 될 거다. 그래. 다시 여름이 될 거다. 모두 함께, 많은 사람들이, 우리가, 집 뒤쪽 커다란 식탁에 둘러앉아 있을 것이다. 그 식탁은 밝은 녹색으로 칠한 문짝과 두 개의 나무 받침대로 다시 만들어질 것이고 나는 그 위에 푸른 꽃이 그려진 밀랍을 먹인 식탁보를 펼치고, 네 귀퉁이는 바람에 날리지 않게 돌로 눌러놓을 것이다. 이제 곧, 금방, 나는 헛간으로 가서 문과 나무 받침대가 아직도 그곳에 있는지 살펴봐야만 한다. 나한테 이 순간, 이것보다 더 중요한 것은 없었다. 전에는 닭장이었던 곳에서 이탄이 담긴 포대를 찾았다. 내가 잘 사용할 물건이었다. 그러나 문짝은 찾지 못했다. 이전의 마구간에는 모든 게 깔끔하게 쌓여 벽에 기대어져 있었다. 문짝, 나무 받침대, 그 앞에는 자전거들. 자전거들! 나는 그것들 중 한 대를 끄집어내었다. 앞바퀴에는 바람을 넣어야만 했다. 다 넣은 뒤 문 앞으로 밀었다. 소비조합이 문을 닫기 전에 가려면 딱 그 시간이었다.

텅 빈 시골길에 구급차가 서 있었다. 이전 농장노동자 숙소에 거주하는 외로운 노파들 중 한 사람이 아파서 이송되나, 라고 생각했다. 그런데 물어볼 사람이 아무도 없었다. 소비조합의 판매 담당 여성 매니저의 어머니가 벌써 몇 주 동안 침대를 떠나지 못하고 딸의 시중을 받아야만 했지만, 하여튼 그녀가 이 일을 당하지는 않았다. 그 집에 무슨 일이 생겼다면 두 번째 판매원 여성이 알았을 것이다. 내가 주문했던 병 우유들을 장바구니에 세어 넣으면서 오늘도 모든 사람들이 자신들의 우유를 가져가는지 물었다. 판매원 여자가 말했다. 그럼요, 모두 전처럼 우유를 사죠. 다른 방도를 알지 못해요. 끔찍해요, 모든 게 끔찍해요. 그녀가 계속 말했다, 하지만 우리같은 사람은 어차피 여기에 대항해 아무 것도 할 수 없어요. 결국 사람들은 먹고 마시는 걸 그만 둘 수는 없잖아요. 소 축사에서 일하는 젊은 프로호노프가 맥주 몇 병을 가져오면서 나를 의미심장하게 바라보았다. 그가 무엇을 말하려는지 이해했다. 지난 가을 그는 우리 부엌 식탁에서 확신에 찬 자신의 신념을 알려주었다. 저세상적인 것 — 모든 관계에서 우리를 훨씬 능가하며 우리 지구를 확실하게 자신의 감시 아래 두고 있는 영적인 존재 — 이 있다는 것이다. 이들은 인류의 광기가 이 지경까지 오게 내버려 두고는 마지막 순간에, 우리가 자신을 파괴하기 직전에 개입한다고 했다. 어떻게 개입하는지는 프리츠 프로호노프도 알지 못했다. 하지만 그 존재들이 그것을 하리라는 것 — 그것만은 완전히 확신했다. 이제 소비조합 안에서 그가 나한테 말했다. 보세요. 우리는 전쟁이 전혀 필요없어요. 우리는 평화 한가운데서 우리를 날려버릴 거예요. — 그래서요? 내가 말했다. — 기다려 보세요! 젊은 프로호노프가 말했다. 그는 천문학과 미래학과 유토피아 소설 등 구할 수 있는 것은 모두 읽었다. 인류는 진화의 모든 수고를 스스로 짊어지고, 견뎌야 하는 그 모든 것을 견딘 뒤에 마지막엔 스스로를 파멸하도록 창조되고 판결받았다는 사실을 누구도 그에게 말해줄 수 없었다고, 그가 말했다. 자녀가 없는 사람은 그걸 믿겠지요. 나는 아이가 셋이에요. 나는 그걸 믿지 않아요.

 나는 늙은 보리수 아래의 경사진 포석길과 아주 오래되어 지금은 더 이상 쓰이지 않는 마을 교회를 지나 집으로 자전거를 타고 돌아왔다. 핸들을 아주 꽉 잡아야만 했다. 구급차는 가고 없었다. 나는 프리츠 프로흐노프의 관찰 관점 ― 우리 모두는 다른 이들이 손에 쥔 줄들에 매달려 움직이는, 원격조정 되는 존재라는 생각 ― 이 그에게 생활을 쉽게 하게 해주었는지 궁금했다. 길에 나이 든 부인 몇 명이 모여 서 있었다. 나는 잠깐 멈춰 서있다가, 구급차에 실려 간 사람이 바이스 씨였다는 것을 알게 되었다. 그가 갑자기 쓰러져서 의식을 잃었는데 상태가 좋아 보이지 않는다고 했다. 내 자전거는 저절로 줄지어 있는 우체통 쪽으로 곡선을 그리며 방향을 틀었다. 우체통 뚜껑이 아래로 열리자 여섯 장의 편지가 떨어졌다. 신문은 잡아 빼야했다. 자전거를 거리로 밀어 놓고, 편지의 발신자가 누군지 봤다. 두 번째, 세 번째 편지에 호기심이 갔다 ―

두개골에서 한 부분을 잘라내려고 할 때, 예를 들어 두개골, 그러니까 전두골을 다룰 때 기술적으로 쇳조각처럼 다루는 것이 나에게는 불편한 느낌으로 남아있다. 천공기를 갖다 댈 것이다. 원래의 수술을 방해하는 뇌척수액을 퍼내는 것은 어쩌면 간단한 기계 장치인 펌프일 수도 있다. 수술 뒤에 예견되는 두통의 일부는 바로 이렇게 빠져나간 다음 서서히 고여야 하는 뇌척수액이 부족해서 그런 것이다 ―

다시 한번 시대기 이전과 이후를 믿들었다는

생각이 들었다. 나는 내 삶을 이런 절단들의 연속으로, 점점 짙어지는 그림자에 의해 흐려진 순간들의 연속으로 서술할 수 있을 것 같았다. 아니면 그 반대로 점점 더 강한 빛과 더 날카로운 통찰, 더 큰 냉정함에 적응하는 과정이라 할 수 있다. 비록 내가 풀밭 언덕 위의 길을 아주 우연히 택한 것이 아니라는 것을 알았고, 우리가 네잎클로버를 이미 많이 딴 커다란 클로버밭으로 내 시선을 멍하니 던진 것도 완전히 목적 없이 헤매는 것이 아니라는 것을 알았지만, 나는 커다란 네 잎을 보았을 때 환호성을 질렀다. 나는 오직 나한테 그것을 찾아줄 사람이 없을 때만 그것을 발견한다.

자연은 내게 얼마나 찬란하게 빛나는지.[25]

우리가 자연 시로 가득한 도서관으로 무엇을 할 것인가는 가장 절박한 질문은 아닐 것이다. 하지만 그건 이미 하나의 질문이라고 생각했다. 나는 지난 일주일 동안 피하고자 했던 바로 그 장소에 서 있다는 것을 깨달았다. 그때는 네잎클로버 잎을 그리 탐욕스럽게 원하지 않았다. 지난주에 세 가족 — 아버지, 어머니, 아들, 그리고 어머니는 지금 우리가 여름을 나고 있는 바로 이 집에서 자랐다 — 이 잔디밭을 거닐며 무엇을 찾는 사람들처럼 여기를 둘러보았다. 그 여인 — 지금은 뚱뚱하고 퍼머를 한 간호사

---

25 괴테(Johann Wolfgang von Goethe, 1749~1832)의 「오월의 노래Mailied」 중 한 구절.

— 이 여기 내가 서 있는 이 군락지에서 1945년 여름에 무슨 일이 일어났는지 알려주었다. 이젠 정말 그 이야기는 그만 좀 하세요! 라며 길쭉하고 굼뜬 그녀의 아들이 끼어들었다. 하지만 그 여인은 그 이야기를 왜 하면 안 되는지 이해하지 못했다. 여기, 바로 여기에서 당시 그녀의 아버지가 러시아인들에게 끌려갔다. 군용차, 카르스텐에 실려! 그리고 그녀의 아버지는 아직 어린 그녀의 남동생의 머리를 쓰다듬으며 이렇게 말했다고 한다. 울지마, 곧 다시 올 거야, 뭔가 오해가 있어. 하지만 그는 다시 돌아오지 못했다. 왜? 그가 무엇을 했기에? 아무것도, 정말 그랬다. 그는 아무것도 안 했다, 그는 운전기사였다. — 게슈타포의 운전기사였어요, 라고 젊은이가 말했다. 그는 계속 지루해하면서 헛간을 바라보고 있었다. 그러더니 이 두 문장을 내뱉고는 가버렸다. 그때 남자가 끼어들더니 날카롭게 말했다. 운전사요, 그래요! 하지만 그건 맹세코 이유가 아니었어요! 그는 아들을 따라갔다. 그 여자는 여기 이 땅을 임대했던 자신의 어머니가 네 명의 자녀들을 위해 한평생 얼마나 악착같이 일했는지 내게 더 설명해야 했다. 그리고 아이들이 다 자란 뒤에 그 어머니를 방문했다가 다시 떠날 때, 어머니는 언제나 저기 위쪽 베란다 앞에 앉아서 손을 흔들었다고 했다. 지금 내가 저기 서서 방문자들이 떠날 때 손을 흔드는 것처럼. 그리고 지금 저기, 이제 지금 내가 가까이 가서 보고서야 알았지만 우리의 이웃 하인리히 플라크가 늘 하던 자세로, 몸을 앞으로 숙인 채 팔꿈치를 무릎에 대고 무겁게 숨을 쉬면서 앉아

있었다. 그는 씨감자를 가져가기 위해 그저 차고 열쇠를 가져갈 생각이었고, 우리는 오늘 감자 몇 알을 심을지 알고자 했다. 날씨는 적당했다. 금방 비가 다시 내리지 않기만을 바랐다.

아뇨, 내가 말했다. 그만두는 게 좋겠어요. 하인리히 플라크의 삶은 70년 지속했고 그것은 값진 것이었다. 왜냐하면 그의 삶은 고생과 노동이었지만, 그가 진심으로 생각하는 것 이외의 다른 것을 말하지 않도록 가르쳤기 때문이다. 그는 올해 처음으로 충분히 비가 내려 땅 깊숙이까지 젖은 덕에, 감자와 다른 파종 씨앗들이 오랫동안 그 물로 살아갈 수 있다고 했다. 나는 그의 말에 동의하면서, 생각은 저 구름을 향했다. 점점 더 험악해지면서 비를 내리게 하는 기상 상황을 찾아 이리저리 헤매는 구름을 생각한다. 평소에 비를 원하는 지역조차도 지금은 정말 비가 없었으면 한다. 다른 지역에 비가 왔으면 좋겠다. 우리는 비상시를 대비해서 우산, 우비, 고무장화를 준비한다. 만약 내일이나 모레 비가 올 경우, 우리는 아이들을 학교에도, 버스정류장에도 가지 못하게 할 것이다. 우리는 아이들이 다음과 같은 노래를 하는 것도 금지시킬 것이다. 비가 온다, 하나님이 축복하신다/ 땅이 젖는다/ 아이들은 기뻐한다./ 잔디도 기뻐한다.[26] 많은 이단자들의 해석에 따르면 세상을 창조하고 다스리는 신과 함께, 세상을 창조하

---

26 19세기의 동요 「비가 온다, 하나님이 축복하신다 Es regnet, Gott segnet」인 듯. 가사가 조금 다르기는 하다.

지도 다스리지도 않는 다른 신이 존재한다, 낯설고 알려지지 않은 신이. 내 감각과 의도를 다른 신에게 집중하는 동안, 그 신을 지각하는 일이 발생했다. 그 누구도 내게 말로 표현해 줄 수 없는 찰나의 경험이었다. 그저 다음과 같은 정도였다, 즉 내가 제대로 기억한다면 시각이라는 우리의 주도 감각은 나의 체험에 거의 혹은 전혀 참여하지 않았다. 물론 엄청난, 어쩌면 나를 찢어버릴 듯한 노력을 한다면 갑자기 나를 에워싼 위력이나 힘, 에너지 혹은 잠재력(고통으로까지 압축된 분위기)도 구체화할 수 있다는 것을, 그 얼굴을 드러낼 수 있다는 것을 감지하기는 했다. 나는 감히 이런 노력을 시도하지 않았다. 견딜 수 없을 정도가 되기 직전에 급하게, 급하게 다시 긴장을 풀었지만 나의 두려움은 커져 버렸다. 어떤 실망과 같은 것이 두려움에 섞였다. 내가 무기력해졌음을 부인할 수 없다. 그 신, 반대쪽 신을 나는 두려워하지 않았다. 내 자신 속 — 내 두개관[27] — 아래 그런 괴물이 솟아 나올 수 있는 심연들이 두려웠다 —

동생아, 우리는 때때로 제어할 수 없이 튀어나오는 우리 뇌 속의 그런 전기 폭풍들을 견뎌내고, 그 폭풍이 우리에게 시도하려던 것을 관찰할 준비가 되어 있지 않다. 특정한 반응 패턴들이 우리 뇌 속에 배선되어 있다고 한다. 이것은 생물학자들이 사용하는 표현인데, 그들은 그

---

27 두개관(頭蓋冠): 두개의 최상부.

로 인해 우리에게 드러나는 추한 이미지도 꺼려하지 않는다. 동일한 자극에 동일한 반응이 뇌의 정글을 통과하는 데 매번 궤도를 새롭게 찾아야만 한다면, 그것은 너무나 비효율적이며 너무나 시간 낭비라는 것을 알 수 있다. 그런 신경계를 지닌 존재는 생존 기회가 거의 없었을 거다. 하지만 수술의사들이 너의 뇌에서 발견할 것은 분명 전선은 아니다(물론 그들은 피흐르는 혈관을 죌 금속, 즉 겸자를 남겨놓을 거다). 그들은 현미경 아래에 세포 상태로 변해 있을 그 덩어리들, 즉 뉴런[28]들을 발견할 거다. 또 크게 확대하면 '시냅스'[29]라고 불리는 뉴런 사이의 연결들을 발견할 거다. 뉴런 수는 우주 내 소립자의 총수보다도 더 많다. 동생아, 이것이 나를 흥분시킬 수 있는 몇 안 되는 숫자 중 하나다. 아마도 우리의 뇌에, 수십 만년이나 걸렸을 엄청난 진화의 과잉으로, 좋은 일이 조금 지나치게 행해진 것은 아닌지 ―

플라크 노인이 한동안 나한테 자신의 매형에 대해 이야기하고 있었다는 것을 문득 깨달았다. 그는 게슈타포의 운전사였고 1945년 바로 이 근방 소련 진영에서 사망했다고 한다. 그러니까 플라크 노인은 자기 조카딸이 내게 그 사실을 말해준 것을 알고

---

[28] 뉴런(neuron 또는 neurone): 신경원 또는 신경세포(神經細胞, nerve cell). 신경계를 구성하는 세포.
[29] 시냅스(Synapse) 또는 신경세포접합부(神經細胞接合部): 한 뉴런에서 다른 뉴런으로 신호를 전달하는 연결 지점.

있는 게 분명했다. 그가 어려운 주제를 이야기하는 데 필요한 시간은 내가 필요한 시간보다 훨씬 더 길다는 것을 나는 자주 언급했다. 그리고 그가 절대 말하지 않을 주제들의 목록이 내 것보다 훨씬 더 길다는 것도 분명했다. 그가 내게 말했다. 매형은 자신이 나쁜 일을 하고 있다는 것을 알지 못했어요. 알았더라면 매형은 거기서 도망쳤을 거예요.

그의 말이 옳을지도 모른다. 나는 위에서 언급한 차들을 본 적이 있다. 그 차들은 운전사 없이는 아무도 태우지도, 이송하지도, 어디에도 데려가지도 내려주지도 못했다. 그게 바로 문제예요, 라고 나는 말하려다가 중단했다. 우리는 잠시 말을 멈췄다. 그러자 하인리히 플라크가 말했다. 이젠 그들이 구름까지도 뒤흔들려고 하네요—

네가 수면 상태나 반수면 상태에서 놓친 제일 중요한 정보를 늦게라도 알려주려 한다. 지난주 토요일 1시 25분, 제4원자로 블럭의 기계실에서 불이 났다. 예상치 못했던 여러 가지 불행한 사건들이 동시에 발생해서 화재가 일어났다. 물리학자의 말에 따르면 적어도 만 년에 한 번 일어날 법한 일이 지금 일어난 것이다. 만 년이 이 하루에 응축되었다. 확률의 법칙은 그것을 진지하게 받아들여야만 한다는 것을 알려주었다. 물리학자들은 우리가 이해할 수 없는 자신들의 언어로 말을 이었다. "시간당 15밀리그램 방사능 낙진"이란 무엇인가. 나는, 한 살짜리 어린아이는, 엄마 배 속의 태아는, 얼마나 오래 낙진에 누출되어야 피해를 입을까. 이제 우리는 비교적 새로운 기술들은 모두 피해자를 요구한다는 소리를 듣는다. 나는 TV 화면에 사람들의 얼굴이 나타날 가능성에 대비하려고 애썼다 ― 그들이 나타났다 ―, 미소를 지으려고 애쓰는 사람들. 그들은 머리카락이 빠질 것이다. 그들의 의사는 "용감한"이라는 단어를 사용하려고 할 거다. 아무도 예상하지 못했던 흑연 화재는 한 번 발생하면 아주 유난히 진압하기 어렵다는 사실을 우리는 듣게 될 것이다. 누군가 그 불을 꺼야만 한단다. 네가 잊지 않도록 내가 계속 언급하고 있는 바로 그날에 두 명의 사망자가 있었다고 한다. 그날 하루 종일 '불타는 핵'이라는 단어 조합이 내 머리에서 떠나지 않았다. 지금 우리로부터 2천 킬로미터 떨어진 곳에 있는 사람들이 우리의 금지된 욕망의 불타는 핵을 콘크리트와 모래와 납으로 메우고 있다. 대참사가 재앙이 될 위험이 있는 한 '대참사'라는 단어는 쓰면 안 된다. 너는 '예상 최대사고'[30]라는 전문 용어 GAU의 모든 가능한 의미를 알고 있으리라 생각한다 ―

나는 또다시 맥락을 놓쳤다. 플라크 노인은 자기 이야기를 계속했다. 그의 눈이 하나만 있다는 것을 내가 알고 있었던가? 이제야 나는 유리 눈의 색깔과 멀쩡한 눈의 색깔이 어떻게 정확히 일

---

30 GAU(독일어 Grösster Anzunehmender Unfall): 원자력 발전소에서 발생할 수 있는 '예상 최대 사고'의 약자. 이 용어는 미국의 원자력 사용 초기에 개발된 Maximum Creedible Accident의 개념으로 거슬러 올라간다.

치할 수 있는지 내심 놀랐다. 한쪽 눈의 상실이 그의 생명을 구했다. 가끔은 모든 게 그렇게 기이했다고 했다. 동부전선에서 아주 최악의 상황이 왔을 때, 그는 유리 눈알을 빼내 주머니에 넣은 뒤에 빈 눈구멍에 붕대를 감았는데, 그 덕분에 아주 심각한 부상을 입은 것처럼 보여서 출동 부대마다 그를 전선에서 아주 먼 곳으로 보냈고, 그의 붕대가 더러워지면 질수록 그에게 더욱 유리해졌다고 했다. 너의 오른쪽 눈이 너를 화나게 할까…

하인리히 플라크는 내게 전쟁에 대해 이야기해 주면서도 "우리 군대가 어땠는지"에 대해 여전히 고통을 받는 첫 번째 사람이었다. 가장 끔찍한 일은 아무도 입에 담을 수 없다고 그가 말했다. 하지만 그저 작은 예는 알려드리지요. 프랑스에서 사람들이 모두 우리보다 앞서 도망쳐서 집들은 비어 있었고, 상자와 궤짝들이 꾸려진 채 있었지요. 그들이 모든 걸 두고 간 게 분명했죠. 이제 그는 자신의 더럽고 너덜너덜한 넝마를 걸친 채 그런 집으로 들어가 자기에게 맞는 크기의 깨끗한 셔츠와 양말 한 켤레를 가져갔다며 털어놓고 말했다. 하지만 그때 자신은 다른 것은 건드리지 않았고 모든 걸 얌전히 내버려 두었다고 했다. 하지만 다음 날 다시 지나갈 때 안을 들여다보았더니, 마치 파괴자들이 소란을 피운 것 같았다고 했다. 그의 동료들이 궤짝과 상자에 달려들었단다. 그들은 모든 것을 부숴버렸고, 산뜻하고 깨끗한 침구를 바닥으로 끌어내려 마구 짓밟았는데, 그 무엇을 위해서도 또 그 어떤 것을 위해서도 아니고 그저 오만불손함과 광분에서 그랬다는 것이다. 그리고 나서 분별있는 인물인 장교와 단둘이 있을 때, 장교님 이건 아니지요, 라고 말했다고 한다. 그러자 장교가 이렇게 대답했단다. 하인리히 자네 말이 맞아. 아무것도 존중하지 않는 것 ― 그건 잘 될 수가 없어 ―

나는 재촉하고 싶지 않아. 그렇지만 이제 점점 정오가 되어 가는데, 훌륭하게 교육받은 전문가 팀이 그렇게 많은 시간 동안 네 머리를 갖고, 아니 보다 제대로 표현하자면, 네 머릿속에다 무엇을 행하려는지 우리 같은 사람들은 정말 제대로 상상할 수가 없구나, 동생아. 내가 인정하건대, 한 가지 불안한 점은, 이 사람들도 다른 모든 전문가들처럼 자기 전공분야의 심연 앞에서 느끼는 성스러운 전율을 우리 같은 문외한과 나눌 수 없다는 사실이야, 그러니까 그들은 어쩔 수 없이 직업상의 습관으로 인해 두려움을 잃어버렸지. 우리가 이런 존재 혹은 다른 존재로 있을지, 수술 뒤에도 여전히 우리가 우리일 수 있을지 아닐지를 결정하는 그런 수술 부위에 대해 너와 나는 경외심을 품는 데 말이야. 자신에게 낯설어지지 않으면서, 우리는 위급한 경우에, 어떤 종류의 '손상들'을, '결함들'을 견뎌낼 수 있을까. 만일 하나의 감각이 희생되어야만 한다면, 그렇다면, 그러면 아마 모두 그것이 후각이었으면 좋겠다고 말할 것이다. 하지만 교수는 네게 이렇게 말할 거다, 저는 환자분의 미각은 남겨 놓을 수 있습니다. 그리고 그가 너를 위해 그리고 너를 대신해서 특정 순간에 예를 들면 후각과 시각 사이에서 결정해야만 했다는 사실을 너는 알지 못할 거다. 미각이요? 완전히는 아닙니다. 앞으로 특정한 맥주 종류는 약간 비누 맛이 나긴 할 겁니다… 동생아, 맥주는 포기할 수 있어.

무엇을 더 포기할 수 있을까? 그밖에 하등 동물들에게 후각과 미각은 '종종 연결되어' 있다. 최초의 포유동물은 아마 대략 2억 년 전에 포유동물의 특성을 가진 파충류에서 진화했을 거다. 이들은 다른 파충류들과 생태학적인 틈새를 얻기 위한 싸움에서 진 탓에 상대적으로 비어 있는 야간 틈새를 떠맡았을 거다. 이 생존방식은 청각과 후각과 같은 원거리 감각들(Fernsinne)[31]을 절실히 필요로 했다. 따라서 그런 감각을 우선적으로 발달시켰다. 척추동물의 계통수의 몇몇 지류는 막다른 골목에 빠졌다. 인간에 도달한 그 가지 역시 막다른 골목에서 끝나게 될지는 아직 판단할 수 없다. 인간은 충적세(沖積世)에 나타난다.[32] 지구에서의 생명 발달의 시기를 24시간 단계로 옮기면, 척추동물은 21시 30분 경에, 최초의 인류는 23시 57분경에 자신의 진화를 시작했다. 동생아, 인류가 세계 무대에 발을 들여놓는 시간은 자정 2초 전

---

31 인간의 감각 채널은 원거리 감각(청각, 시각, 후각과 같은 원격 수용체 포함)과 근거리 감각(다른 모든 감각)으로 나눌 수 있다. 원거리 감각이 손상되는 것을 감각 장애라고 한다.
32 스위스 작가이자 건축가인 마스 프리쉬(Max Rudolf Frisch, 1911~1991)의 1979년 작품. 『인간은 충적세에 나타난다(Der Mensch erscheint im Holozän)』

이야. 지능이 결정적인 진화 요소가 되지. 지적인 인간은 자연 및 자신과 동종의 생물을 굴복시킬 방법을 만들어 낸다. 인간은 자신에게 부과했던 규칙과 규범을 자기파멸을 치르는 한이 있어도 공개적인 혹은 은밀한 폭력을 사용하여 깨뜨리려고 한다 —

그래서 이 연결이 너무 진부하게 보일 수 있을지라도 나는 여기서 말해야만 한다. 이전에 농장노동자였다가 나중에는 협동조합 농부였고, 지금은 은퇴자인 하인리히 플라크 같은 사람이 삶의 막바지에 예전의 목사관의 돌난간에 앉아 팔꿈치를 무릎에 괴고 손은 두 무릎 사이에 늘어뜨린 채 고개를 숙인 채로 이렇게 자문해야만 할 거다. 대체 무슨 일일까, 대다수 사람들한테 도대체 무슨 일이 일어난 걸까? 그는 이렇게 말했다. 정말 어떤 사람들은 마치 머릿속에 벌레가 들어 있어서, 그것이 그들을 가만두지 않는 것처럼 보인다고. 그런 자가 자신의 중대에도 하나 있었는데, 자신은 여전히 그 벌레를 생각할 수밖에 없다고 말했어. 그런 허풍선이. 그런 아무 짝에도 쓸모 없는 놈이, 얼마나 비열한 짓을 저질렀는지 아세요?

나는 플라크 노인에게 그의 이야기를 혼자만 간직하게 할 수 없었다. 비록 그가 내 내면의 갤러리에 들어서려 한다는 것을 머리카락 뿌리까지 느꼈어도 말이야. 그건 젊은 러시아 병사의 이야기였어. 그 병사는 자기 부대의 다른 대원들을 찾아 며칠을 헤맨 뒤 지치고 거의 얼어 붙은 채 늪지대에서 나왔어, 포로수용소로 가는 뒷줄에 가기도 전에 하인리히 플라크 중대의 비열한 그 인간이 그에게 장화를 벗으라고 강요했지. 영하 40도의 추위에 서였다는 것을 상상해야만 한다고 하인리히 플라크가 말했어. 내가 말했어요, 네가 무슨 짓을 했는지 생각 좀 해봐라, 저 친구는 도착도 못 할 거야! 그 빌어먹을 녀석은 그냥 머리를 저었어요. 그리고 그 장화는 그놈한테 맞지도 않았어요. 그게 너한테 한 번 더 고통을 줄 거야. 내가 말했죠. 그날이 올 거야. 그리고 그놈은 몇 주 뒤에 배에 총을 맞고 쓰러져 울부짖었어요. 내가 이렇게 말했어요. 조용히 해. 러시아인을 생각해 봐. 네가 그에게 무슨 짓을 했는지. 그때 그는 그저 눈을 위로 희번덕 하더니 더 이상 아무 소리도 못 냈어요. 그래서 나는 언제나 젊은 러시아인의 눈길을 볼 것이고, 젊은 독일인의 머리 젓는 모습을 그리고 그가 누워서 눈을 위로 희번덕 돌리는 것을 볼 거예요. 아니, 절대로 그걸 잊지 못할 겁니다. 절대로. 잊는다고 하는 사람은 거짓말하는 거죠. 늙은 플라크가 말했다.

전화가 왔다. 나는 달려갔다. 아까의 그 여자친구였다. 내 동생이 어떤지 물었다. 아직 몰라요, 여전히 수술 중이에요. 내가 말했다. 아. 그럼 다시 전화 끊을게요. 친구가 말했다.

동생아, 너는 가끔 너무 혼란스러워서, 지금은 대체 어떤 생각을 해야 할지 모를 정도겠지. 생리학적으로 보면 그건 뇌의 여러 부분에서 일어나는 진동으로 표현될 거야. 아직 방향이 정해지지 않은 에너지의 용의주도한 공급이지. 곧바로 뚫린 연결망으로 흘러들어 가지 않고, 미답의 영역을 더듬어 찾다가, 예를

어 이런 질문으로 뭉쳐지는 거지. 도대체 분열, 파괴, 화재와 폭발에 대한 이런 쾌감은 어디서 오는가!

너는 이와 관련하여 나에게 '쾌감'이라는 단어를 쓰지 못하게 했다. 쾌감, 쾌감이라니…라며 너는 말했다. 그것은 또다시 과장되고 편파적인 개념이다. 사실은 훨씬 단순하다. 누군가 뭔가를 발명하기 시작했다면 혹은 발견이나 개발하기 시작했다면, 그렇다면 그는 더 이상 그것을 중단할 수 없다. 분열가능한 원자를 추적하는 사람은, 예를 들면, 자신의 시도를 절대 단순히 그만둘 수 없다. — 내가 말했다. '쾌감 버튼'을 쉴 새 없이 누르는 쥐들처럼 말이야. 하지만 이건 내 질문이기도 했다. 이 과학자들의 뇌 속에서 쾌감 중추는 어디에 있을까?

나는 이렇게 말한 적이 있어. 솔직히 말해서 난 50년 전에, 즉 다른 세기에 살던 뛰어난 재능을 가진 소수의 물리학자와 화학자가 그런 연구에 현혹되어 이를 계속하게 부추겼던 이 갈망을 결코 이해하지 못할 거야. 어차피 '다른 사람들'이 문제를 풀 테니까. — 얼마나 미약한 논거인가. — 오늘의 시점에서 본다면! 너는 그렇다고 말했지. 너는 그때 그들 자신들이 발견했던 것을 이해하는 데 걸린 시간은 전혀 고려하지 않고 있다. 그들이 함께 앉아서, 우리는 이제 우라늄의 핵분열을 생각해 봐야 합니다! 아니면 원자폭탄을! 이라고 결정을 내린 것도 믿지 않는다. — 그들은 이 결정을 나중에 내렸어. 내가 말했다. — 나중에 전쟁이 일어났지. 네가 대답했다. — 맞아! 내가 말했다. 그리고 너는 내게 이렇게 말했다. 누나는 오만하면 안 돼, 차라리 자신을 생각해야 해. 누나가 그만둘 수 있을지 모르겠다. 말들이 탄환처럼 적중할 수 있고, 파괴하기까지 한다고 자신에게 말하지 않았냐. 누나가 아직 고려할 줄 아는지 — 고려할 준비는 되어있는지 —, 언제 누나의 말이 상처를 입히고 어쩌면 파괴적이 될지? 누나가 어느 정도의 파괴에 놀라 주춤할지? 내가 말할 수 있는 것 이상으로 더 말하지 않을지? 차라리 침묵에 빠질지?

그것은 그날의 중심점이었다.

어느 정도의 시간이 흘렀는지는 기억할 수 없지만, 정신을 차려보니 나는 부엌에 있었고, 터무니없게도 설거지통에 있던 그릇을 꺼내 찬장에 정돈하고 있었다. 갑자기 우리가 즐겨 사용하던 도자기 찻잔 하나를 손에 들고 발사체처럼 무게를 재는 나 자신을 보았다. 그러고는 찻잔을 부수지 않았지만 거칠게 제 자리에 놓았다. 그리고 샐러드를 버무리는 올리브 나무 스푼과 포크를 집어 정확하고 예리하게 겨냥해서 구석으로 내던졌다. 그것을 모아들고 또다시 온 힘을 다해 구석으로 던졌다. 그리고 또 한 번. 그리고 또 한 번. 이렇게. 그리고 이렇게. 또 이렇게. 너희들에게 이걸 보여주겠다. 난 너희들한테 질렸다. 질렸다. 질렸다.

나는 만족스레 나 자신을 지켜보았다. 일그러진 내 얼굴에는 분노와 증오. 나는 마지막으로 샐러드 스푼과 포크를 들어 올려 살펴보았다. 포크의 갈래 하나가 꺾여 있었다. 그래도 괜찮았다. 나는 무심하게 샐러드 포크와 스푼을 서랍에 넣었다. 그것은 내가 남프랑스에서 올리브나무로 만든 샐러드 포크와 스푼을 넣은 커다란 바구니에서 신중하게 골라 왔던 것이다. 나는 부엌 의자에 털석 주저앉았다. 분열증상이라면 우리같은 사람도 얼마든지 보여줄 수도 있을지도 모른다 —

눈물? — 동생아, 신경 때문이야, 그게 뭐든 간에. 그냥 신경 때문이다. 이 저주받은 구름이 흩어져야 할까 아니면 비를 내려야 할까, 아니면 뭐가 뭔지 모르겠다. 너의 그 빌어먹을 의사들이 결국 너를 포기해야만 할까. 모든 게 예전처럼 돌아갔으면 좋겠어 —

"내 이름으로 설교하는 자들을 위한 표시는 이럴지니 그들은 손으로 뱀을 집어 들 것이요, 만일 그들이 독약을 마셔도 아무렇지 않을 것이다…"[33]

(그러니까 누군가가 안다고 생각하는 것을 말하고 — 비록 상처를 줄지라도 — 그렇게 할 때 만족을 얻는다면 이미 그것은 죄일까, 죄에 동참하는 것일까? 그걸 알기 때문인가? 말할 수 있기 때문인가? 그리고 침묵도 마찬가지로 나쁘겠지? 사랑하는 동생아, 우리 모두는 대체 어떤 곤경 속에 함께 앉아 있는 걸까?)

라디오에서 그 남자가 이렇게 말했다. "… 그리고 그들이 거기 서 있을 때, 그분은 눈에 띄게 들어 올려졌고, 구름이 그들 눈

---

[33] 〈마가복음〉 16장 17-18절.

앞에서 그분을 하늘로 데려갔다.[34] 공간과 시간에 대한 우리의 개념은 모든 것을 포괄하는 하나님의 실존 앞에서는 아무것도 아닙니다. 이 그리스도는 아버지께로 갔습니다. 그분이 통치권을 넘겨받았다는 것입니다. 세상의 군주들은 가고, 우리의 주님이 오십니다. 예수 그리스도는 주님입니다. 그분은 다시 오실 겁니다. 그분은 세상을 완성하실 겁니다."

멋지군, 나는 라디오에 대답했다. 하지만 그렇게 명확하게 대답할 필요는 전혀 없었을 것이다. 그러니까 만약 우리가 본래부터 지배와 복종을 그렇게 절실히 필요해서, 신들을 발명할 때조차 이 둘을 그 근거로 삼아야 했고, 우리가 이미 신 경배의 강요에서 벗어났다고 하더라도, 여전히 인간, 이념, 우상에 복종해야 한다는 강요에 노출되어 있다면(내 삶을 생각하면서 스스로에게 덧붙였다). ― 그렇다면 동생아, 대체 (호텔에 초록색 바탕에 흰색 화살표로 표시된) 탈출구는 어디에 있는 걸까? 비상구는 ―

이런, 동생아, 나는 피곤했다. 기분 전환 가능성도 고갈되었다. 나는 그냥 부엌 의자에 앉은 채 나한테 제일 어려운 일, 기다리는 일을 했다. 그런 수술이 시행되는 많은 순간들 중, 어쩌면 한순간도 완전히 위험하지 않은 적이 없지만, 너의 후각에 대해 어느 시점에 결정이 내려질지는 당연히 나도 알 수가 없었다. 냄새를 느끼는 데는 물론 콧속의 손상되지 않은 감각세포 이외

---

[34] 〈사도행전〉 1장 9-11절.

에 후각 피질이 작용한다. 파충류의 절멸과 동시에 포유류가 퍼져 육지에 서식하는 주행(晝行)성 동물이 되면서, 야행성 파충류가 갖고 있는 세 가지 원거리 감각 — 시각, 청각, 후각 — 중 후각을 잃기 시작했다. 예를 들어 기술의 발전과 달리 진화는, 선택을 통해 창조된 것을 말살하는 게 아니라 계속 사용하기 때문에, 우리의 세 개의 뇌 중 하나 즉 뱀과 악어의 뇌를 우리에게 남겼다. 우리 삶의 반복적이며 위계적인 측면은 이 R-컴플렉스에 의해 강력하게 영향받는데, 이 R-컴플렉스가 어느 정도 우리 뇌 속에서 여전히 공룡의 기능을 담당한다고 한다. 즉 공격적인 행동, 영역 표시 행동, 사회적 위계 형성 등이 모두 이 R-컴플렉스에 의해 영향을 받는다… 진화 후기에 폐쇄적인 그룹이 출현하면서, 후각은 구별 특징으로서 절실히 필요하게 된다. (벌들은 자신들의 벌집 안에서 낯선 벌들을 냄새로 인식하고 죽인다.) 인간 집단 내에 일정 숫자의 개인들에게는 — 포유동물일 때부터, 그들의 조상에서부터 — 다른 개인들보다 냄새가 성적 흥분 유발인자 혹은 강력소로서 더욱 큰 역할을 한다고 한다. 이것은 이제 우리 안의 포유류인 우리의 제2의 뇌, 후각의 대뇌피질과 뇌하수체로 이뤄진 대뇌변연계[35] 시스템에 영향을 준다. 나는 내 생각과 이름을

---

35 대뇌변연계(limbic system): 대뇌피질과 시상하부 사이에 위치한 뇌의 구조로 감정, 행동, 동기 부여, 기억, 후각 등의 기능을 담당한다. 둘레계통이라고도 불리며 '느끼는 뇌'라고도 불린다.

통해 결정적인 순간에 접근하고 있다. 동생아, 수술 의사들이 눈앞에 보고 있는 것을 나는 뇌의 해부학적 지도를 통해 확실히 알아야만 한다. 그 민감한 부분에서 강력한 감정이, 강력한 격정과 고통스러운 모순들이 일어난다고 한다… 아마 진화는 후각과 성욕 사이의 강력한 연관성을 포기한 인간 돌연변이를 선택할 필요가 없다고 생각한 것 같다… 우리는 이 문제를 논의하지 않을 거다. 동생아, 후각은, 내가 그것을 제대로 이해했다면, 퇴화 중에 있는 그런 감각 중의 하나야. 며칠 뒤에야 비로소 너는 그 감각을 잃어서 안타까워할 것이다. 아주 평범한 기회, 즉 네 면도용 화장수의 냄새가 나지 않을 때 말이다. 너는 그 이전에 서로 다른, 훨씬 더 눈에 띄는 고통 때문에 다른 것에 눈을 돌리게 될 거다. 네 신경망 속에서 특정 냄새들을 처리하도록 연결된 통로들, 그 냄새들을 구성 요소로 분해하고, 네 두뇌신피질 속의 재인식 패턴의 특정 지점들을 활성화시켜, 이 경로를 "제비꽃"이나 아니면 "가스!"라고 이름붙였다. 이제 너의 이 통로들은 부서져 있을 거다. 외과의사는 자신이 후각 시스템과 신피질 사이의 연결을 끊어놓았다는 사실을 알더라도, 어깨를 으쓱하며 유감을 표시하지 않을 거다. 여전히 다루기 힘든 과제들이 그 의사 앞에 있다. 뇌하수체 영역이다. 거기에서 그의 처리 방식은 극도로 신중하면서 극도로 과감해야 한다(뇌하수체는 "주요 분비선"으로서 인간의 내분비 시스템을 지배한다). 그는 뇌하수체 조직 손상이 초래하는 돌이킬 수 없는 결과를 알고 있고, 종양 세포를 건강한 세포 주변에 남겨두는 그런 소심함의 결과도 그는 알고 있다 —

나는 깍지 낀 손가락에 쥐가 나서 그것을 풀기가 어려웠고, 어깨와 등이 아프다는 것을 갑자기 깨달았다. 벌떡 일어나서 스트레칭을 시작했다. 그러자 머리에 어떤 멜로디가 떠올랐다. 잠시 후 거기에 더해 세 마디가 생각났다. "…내가 오랫동안 보았던…"[36] 텍스트 전체는 알 수 없었다. 네 형제 아벨은 어디에 있느냐? 라는 질문이 내 생각의 전면에 계속 밀어닥쳤기 때문이다. 누가 질문하는 거지? 내 내면의 무대에 누가 이런 목숨에 관한 문제를 제기하는 거지? 내가 동생의 보호자가 되어야 할까? 누가 감히 반대 질문을 시도할까?

부엌 한가운데에서 나는 뿌리박힌 듯 서 있었다. 그리고 그때 처음으로 두 번째 사람, 즉 반대 질문자가 연기를 하는 게 아니라는 것을 깨달았다. 대답을 알지 못했다. 몰랐다. 그는 몹시 놀라고 경악한 채 사막 한복판에 서서 질문한다. 내가 동생의 보호자가 되어야만 하는 겁니까? 그것은 새롭다고 할 수 있었다. 그리고 대답이 "그래!"라고 하면 충분히 당혹스러운 일이었다. 카인이 그 이후에도 이전처럼 계속 살아갈 수 있을까? 시기하고 질투하면서, 장자권 — 아버지의 유일한 사랑과 그 사랑의 구체화, 즉

---

[36] 독일 시인 베르톨트 브레히트(Bertolt Brecht, 1898~1956)의 시 「마리 A.에 대한 기억(Erinnerung an die Marie A.)」 중의 한 구절로, 이 시는 노래의 가사로도 사용되었다.

소유 — 을 갈망해야 할까 —

오후 한 시다. 동생아, 그들이 지금 너한테 무슨 일을 하고 있니.

전화가 온다, 단 일 초도 이르지 않다. 정상. 모든 말 중에 가장 중요한 말을 듣는다. 완전 정상, 간호사가 그렇게 말했다고? 정말? 우리가 더 이상 걱정할 필요가 없다고? 수술이 성공했다고? 아. 정말이에요. 나는 알고 있었어. 너도 그러니? 물론 그는 아직 깨어나지는 않았어요. 그게 전부는 아니잖아요, 너는 그렇게 생각하지 않니? 동생아, 네 상황을 고려하면 그럭저럭 괜찮다고 하더라. 나는 상황을 축복할 준비가 되어 있었다.

… 내가 오랫동안 바라보았던 구름 하나
새하얗고 까마득히 높은 곳에 있었지
그런데 올려다보았을 때 거기에 없었다…

이제 나는 먹을 것을 만들어야겠다. 라디오를 들을 수 있다. 스웨덴에서는 방사능 대기오염이 더욱 감소했단다. 대신 토양 오염은 증가했다고 한다.

하지만 나는 이제 여자친구에게 전화를 걸어야만 한다. 나는 그녀에게 지금 막 들은 내 남동생 소식을 전했다. 아, 잘됐네요. 그녀가 말했다. 아주 잘됐어요. 그는 당신이랑 사이가 좋은가 봐요? ― 성격은 정반대예요, 내가 말했다. 나랑 사이는 좋아요. 그녀는 내가 지금 갖고 있는 씨앗으로 대체 무엇을 하려는지 물었고, 나는 이렇게 대답했다. 그걸 알면 얼마나 좋겠어요! ― 우리도 반감기 전문가가 되어야만 하겠어요, 그녀가 말했다. 예를 들면 세슘이나 스트론튬이 용해되려면 반감기가 얼마인지 추측이 돼요? ― 그들이 우리한테 말해주겠죠. 내가 말했다. 빌어먹을 반감기에 도달하기 위해 수십만 년이 걸리는 핵종[37]이라는 것도 있대요. ― 그러자 그녀가 말했다. 파렴치하네요, 그렇게 생각하지 않아요? 그러더니 평소 나를 짜증나게 만드는 그 특이한 방식으로 웃었다. ― 나는 점차 그녀의 웃음까지도 이해하기 시작했다고 그녀에게 말했다. 현실이 내 웃음을 받아들였다는 거지요, 그 말이죠? 그녀가 물었다. 그래서 나는 대답했다. 대충 그래요. 그러자 그녀가 말했다. 이제 그들이 모든 사건과 모든 문제를 잘 해결한다고 더 이상 주장할 수는 없을 거예요. 이 상황에 좋은 점도 있다는 거죠, 어때요? 우리는 어차피 반대로 생각하는 일에 익숙해져 있잖아요? ― 나는 그렇게 확신하지는 못하겠다고 했다. 어떤 이유에서든 모든 문제에 기술적인 해결책이 있다는 믿음이 항상 일어난다고 했다. ― 그래요, 그녀가 대답했다. 그리고 물었다. 그런데 혹시 내 안의 어떤 것이 매 시각 들려오는 이

---

37 핵종: 원자핵을 이루는 양성자 수 Z, 중성자 수 N 및 그 에너지 상태로 구분되는 원자 또는 원자핵의 종류.

끔찍한 소식들을 탐욕스럽게 갈망하고 있다는 것을 내가 나 자신에게서 관찰하는 건 아닐까? 우리 자신을 겨냥한, 남의 불행을 고소해하는 마음을? — 유감스럽지만 이해할 것 같아요. 내가 대답했다. — 자 잘 봐요. 그녀가 말했다. 그냥 우리 둘이라고 생각해 봐요. 그러면 아마도 우리는 모든 문제들을 공동채무라는 관점에서 따져봐야 할 거예요. — 요구가 좀 과한데요. 내가 대답했다 . — 공동책임이라면 어때요? 그녀가 제안했다. — 그래요. 내가 대답했다.

··· 그런데 그 구름은 이제 단 몇 분간 피어있더니
위를 올려봤을 때는 이미 바람 속에서 사라져 버렸다.[38]

그랬으면. 몇 분간만이라도 그랬으면, 그때 나는 이런 생각만 할 수 있었다. 비록 그 노래는 '구름들이 하얗고', '시적이며', '순수하고 응결된 수증기'로 이루어지던 시대의 노래에 불과했지만 말이다. 하지만 이제 삶은 감자 껍질을 벗기는 동안 생각했다, 어떤 시인이 다시 하얀 구름을 노래할 용기를 낼까, 하고. 전혀 다른 물질로 이뤄진, 보이지 않는 구름이 우리의 감정 — 완전히 다른 감정 — 을 이끌어내는 역할을 맡았다. 그리고 나는 다시 남의

---

38 베르톨트 브레히트의 시 「마리 A.에 대한 기억(Erinnerung an die Marie A.)」의 일부분

불행을 고소해하는 이 어두운 감정을 갖고 이렇게 생각했다. 그 다른 구름은 시에 나오는 하얀 구름을 문서실로 밀어 넣어버렸다고. 하루아침에 그 구름은 이러한 마법뿐만 아니라 거의 모든 마법을 깨버렸다.

 튀긴 감자. 달걀 프라이. 녹색잎 샐러드. 우유. "간단한 식사가 최고야." 동생아, 드디어 너의 목소리도 들린다. 우리가 이번 주에 경험한 것을 이야기하려면 하루 낮과 밤이 필요할 거다. 너를 내게서 떼어놓은 그 시기가 불행했다고 해서 너를 비난하지는 않을 거다. 네가 지금 있는 곳은 여기보다 원자로사고 이후 오염물질 배출량이 더 농축되었다고 들었다. 그게 우리를 화나게 할까? 불안하게 만들까? 우리는 우리 감정에 휘둘려야 할까? 더 나쁠지도 모르는데, 그 감정을 하찮게 여기고 눌러버려야만 할까? 가이거 계수기의 수치와 비교해서 그 감정이 하찮을까? 네가 무슨 말을 할지 알고 있다. 말하지 마. 나는 결심했어, 내일부터 우유 섭취량을 줄이고 녹색잎 샐러드를 피할 거다. 나는 결심했어, 오늘은 양심에 거리낌 없이 모든 걸 다시 한번 먹고 마실 거다. 나의 내적 그 무언가가 점점 더 자주 등장하더니 요청하지도 않았는데, 만일 이 음식에 방사능 물질이 있으면 몇 살에 오늘 식사의 후유증이 나타날지 계산해 주기 시작했다. 물질의 반감기는… 내면의 조용하고 끈질긴 계산자는 다양한 수치를 제시했고, 나는 내가 비웃는 소리를 들었다, 비웃으면서. 30년이라고? 아, 동생아! 이게 정말 나를 놀라게 하겠니? 오늘날에는 늙은 게 장점이다. 그래 솔직하게 말해봐라. 너는 지금 20살이고 싶니? 10살? 내면의 경악스러운 몸짓이 말했다. 그건 아니냐! 이 반응이 내 안의 은밀한 적에게 테스트 결과로 제공되었다. 적은 내가 아주 평온하게 밥을 먹고 설거지를 하게 내버려 두었다. 라디오가 13시 45분이라고 알렸다. 그때 나는 손에 아직 행주를 들고 선 채 큰 소리로 노래를 부르는 나를 보았다. 환희의 노래. 천상의 여신이여, 우리는 환희에 취해 당신의 성소에 발을 들여놓습니다.[39] 이게 또 무슨 뜻이란 말인가, 나는 완전히 어리둥절해서 자문해야만 했다. 환희! 환희! ─

동생아, 내 의식의 아주 깊은 층에서 나온 이 시그널을 전혀 설명할 길이 없어서, 나중에 과거가 될 그날에 네가 마취에서 깨어나면 네게 물어보기로 결심했어. 13시 45분이라고? 잠깐만. 그게 정말 가능해. 그래. 맞을 거야. 아주 멀리, 완전히 어렴풋이 네 위에 있는 의사의 얼굴을 알아차렸다고 너는 말하겠지. 아마 그는 네가 그의 질문을 이해하기도 전에 제가 보여요? 저를 볼 수 있어요! 라고 있는 힘을 다해 소리 지른 것 같았다고 말하겠지. 그리고 너는 눈을 확인하듯 떴다 감았다 할 생각이 갑자기 들기 전까지는 온 힘을 다 짜내도 대답할 수 없었으며, 이 사람

---

39 독일 작가 프리드리히 쉴러(Friedrich Schiller, 1759~1805)의 「환희의 송가(An die Freude)」이 일부.

이 봐요! 라고 하는 말을 들었다고 말하겠지. 나는 네가 속삭이는 것을, 여전히 아주 낮은 소리로 속삭이는 것을 본다. 마취 때문에 네 기관지에 넣어야 했던 삽관이 성대에 상처를 남겼기 때문이야. 그런데 성대는 나을 거다. 그래, 너는 점점 더 분명하게 말할 수 있을 것이고, 끝내는 '나 보여'라는 소리를 내가 수화기로 알아들을 만큼 크게 말할 수 있을 거야. 벌써 내일이면 그럴 거야. 그리고 며칠 동안 "보다"라는 단어는 총체적으로 다양하고 포괄적인 의미로 우리에게 다시 살아있을 거다.

하루. 하루가 천 년 같다. 천 년이 하루 같다. 옛사람들은 어떻게 이걸 알았을까? 가장 작은 물질 입자들이 방출되면, 우리는 가장 작은 시간 입자들을 더욱 조심스럽게 다루어야 한다는 것을. 근데 지금 나는 피곤해, 나는 이렇게 자신에게 말하는 내 목소리를 들었다. 이제는 무슨 일이 있어도 누워야겠다. 사고가 난 원자로 주변 마을들에서는 이미 토요일 오후에 처음 소개(疏開)가 시작되었고 몇 시간 안에 끝났다고 하는 소식도 더 이상 듣고 싶지 않았다. 그날 정오에도 이 장면을 상상하고 싶지 않았다. 동생아, "소개" 그것은 어쩌면 우리가 평생동안 우리 자신의 경험에서 떼어낼 수 없는 단어들 중의 하나야. 이미지와 감정은 서로 녹아들어 너의 뇌의 경로에 새겨진다. 드디어 몸을 누였다. 네가 머리를 붕대로 동여매고 너의 정맥에 여러 관을 연결한 채 누워있는 그런 끈질긴 상상에서 나는 벗어나려고 했다. 분명히 이제 시작되었을 통증들과 너의 갈증도 생각하고 싶지 않았어. 나는 너의 맨머리를 본 적이 있다. 그때 너는 거의 어린아이였지. 잊을 수 없는 모습이었어. 메클렌부르크 주의 소도시에 있는 그 티푸스 전문병원에서 우리는 같이 누워있었지. 둘 다 티푸스열을 겪은 뒤라 머리카락이 다 빠졌었어.

이제 나는 자려고 해. 생각을 돌리려고 해, 책을 읽을 거야. 침대에 누워서 주위를 돌아보다가 내가 지금과 같은 이런 날에 읽을 법한 책은 아직 쓰이지 않은 것을 알았다. 누가 위험 지역을 정확히 30킬로미터 반경으로 계산했는지 생각해 봐야만 했다. 왜 30킬로이지? 왜 항상 이 반올림된 숫자일까? 왜 29는 아닐까? 아니면 33은? 우리의 계산이 제대로 되지 않았다는 자백이 아닐까? 자연과 비자연이 우리의 10진법을 따르지 않는다는 자백일까? 이 절박한 주변을 벗어난 곳에는 심각한 위험이 존재하지 않는다고 한다. 그런데 이 심각한 위험에 사람들이 얼마나 오래 노출될 수 있는지 누가 결정하는가? 노출될 수 있다고? 아니면 노출되어야 한다고? 동생아, 누가 우리가 살아가야 할 위험의 경계를 정하는 걸까?

내가 생각하고 느낄 수 있던 모든 것은 산문의 경계를 벗어났다.

우리는 뇌가 작동하는 대로 글을 쓸 수는 없다. 뇌에서 신경계를 거쳐 글을 쓰는 손까지 이어지는 과정에서 피할 수 없어 보이는 상실을 내가 어쩔 수 없이 받아들이기 시작했을 때, 그 오후에 상실은 다시 내 의식에 선명하게 나타났다. 즉각성, 충만함, 정확성, 예리함, 그리고 내가 언급할 수 없거나 어쩌면 예감조차 할 수 없는 특성들의 상실. 나로 하여금 이런 종류의 상실을 하찮게 여길 수 있게 만든 상황들을 상상할 수 있었다. 왜냐하면 그 상실은 우리에게 요구될 수 있는 희생과 비교하면 사소한 것으로 보일 수도 있기 때문이다.

내 상상 능력을 끌 수 있었으면 하고 바랐다. 우리와 자신에게 위험을 불러일으키는 사람들이 분명히 이런 능력을 갖고 있을 거라고 생각했다. 아니면 그들은 아무것도 끌 필요가 없다. 다른 사람들을 괴롭히는 그 예감 대신에 그들의 뇌 속에 어떤 맹점을 갖고 있는 걸까? 그 맹점은 식욕, 균형, 체온 조절, 혈액순환, 호흡에 관한 중추처럼 어떤 장소에 국한되지는 않을 곳일 거다, 그러니 전기 자극을 통해서도 강화시킬 수 없을 거다. 펜필드[40]라는 신경학자가 전기를 흘려보내 환자의 뇌피에 기억을 깨웠듯이 말이다. 소리. 색깔. 과거의 냄새. 모든 섬세한 음향을 가진 오케스트라 연주… 그런 식이라면 나는 중압감 속에서 생각해야만 했다(우리는 얼마나 순종적이냐, 동생아!). 인간 존재를 일정기간 동안 — 20년? 25년? — 정상적이고, 그래, 특별히 풍요로운 인간적인 삶을 살게한 뒤, 그들의 기억 저장소를 "테두리까지" 채우

---

[40] 와일더 펜필드(Wilder Penfield, 1891~1976): 미국 출신 캐나다의 신경외과 의사로, 인간의 대뇌와 신체 각 부위 간의 연관성을 규명한 '펜필드의 지도'로 유명하다.

는 것을 목표로 삼을 수 있겠다. 그 뒤 이 존재들은 본래 의도된 운명 — 어떤 기계장치 속, 지하 미사일 연구소, 우주선에서의 황량한 생존 — 에 이끌리거나 내맡겨질 거다. 어떤 전문가는 이 존재들에게 적합한 간격을 두고 기억의 전류에 연결해 줄 거다. 사랑. 적대감. 성공. 단념. 배려. 갈등. 자연의 아름다움 — 모든 것을 그들은 가능하다면 강력하게 다시 또다시 경험하겠지. 그들이 '실제' 삶의 극도의 지루함에 희생물이 되지 않도록. 그런 삶을 계속 영위하느니 차라리 죽겠다는 바람이 그들을 장악하지 못하도록. 그들의 뇌는 그들의 등 뒤에서 (언어가 얼마나 부적합한지!) 그들을 배신하고 조종자와 연대할 것이다. 그들은 가장 비참한 종류의 실험 대상이 될 것이다 —

    동생아, 이 종류의 판타지는 만일 내가 그것을 실행에 옮길 수단이 있다면 나 자신한테는 엄격하게 금지할 그런 판타지일 것이다. 내가 그것들을 입에 올리는 것조차 안 될까, 생각조차 안 될까? 우리 세기에는 기술적 판타지와 그것의 구체화 사이에 아주 얇은 장막만이 존재하지 않을까?

 하지만 우리가, 내가 비난했던 그 죄들은 이런 성분에서 나온 것이 아니다. 우리는 너무 많이 말한 게 아니라 너무 적게 말했고, 그조차 너무 소심하게 너무 늦게 말했다. 왜 그럴까? 평범한 이유들 때문이다. 불확실함 때문이다. 두려움 때문이다. 희망의 결핍 때문이다. 그리고 이런 주장은 아주 이상하기는 하지만, 또

한 희망 때문이기도 하다. 마비시키는 절망과 똑같은 결과를 초래하는 기만적인 희망 때문이다.

살인과 발명 사이의 연결은 농경시대 이후로 결코 우리를 떠난 적이 없다고 읽었다. 카인은 농부이자 발명자인가? 문명의 창시자? 인간 자체가 동족과의 싸움을 통해서, 열등한 그룹의 박멸을 통해서, 뇌의 급격한 진화를 발생시키는 선택의 가장 중요한 도구였다는 가설을 반박하기는 어렵지 않을까? 동종에 대한 서슴없는 공격적인 태도가 방해받지 않던 그 돌연변이들(대부분의 동물 종에서는 불리하게 선택된다)이 "동물의 왕"— 지능이 다른 적들보다 비교적 우월했다 — 에게는 더 나은 진화를 가져온다는 것인가? 과잉인구 방지를 위한 동족의 살육인가? 제한된 살육은 생물학적으로 감당 가능한가? 그렇게 인간은 스스로에게 적이 된 것일까?

나는 책을 옆으로 치우고 다른 것, 잡지를 집어 들었다. 누군가 내게 읽어보라고 기사 하나를 권한 것인데, 내게 그것에 대한 두려움을 주려는 의도가 있었다. 그 누군가는 바로 오늘 여기에 있어야 하는데 있지 않았다. 대신 그는 멀리 떨어진 지역에서, 그곳에서 우연히 — 추정하건대! — 보다 강력한 방사선에 노출되었다. 이는 짧은 이별이라도 오늘날 가능하면 최대한 피해야만 한다는 것에 대한 증거이기도 하다. 나는 그에게 화가 났지만 그에게 전화할 생각은 없었고, 내 목소리로 그를 불안하게 만들지 않기 위함이었는데, 그가 곧바로 눈치챌 수 없도록 나는 내 목소리를 변화시킬 수 없을 것이다(한 문장 안에 부정어를 네 번이나 사용했다). 그러니까 이제 그는 내가 지금 무방비 상태에서, 여전히 화가 난 채로, 제목이 이미 충분히 고무적이었기에 슬픈 마음 혹은 매저키즘에 습격당한 채로 이 기사만을 읽을 것이라는 사실을 알았다. 제목은 이랬다. '"별들의 전쟁(Star Wars)"의 과학자들'. 기사에 대한 걱정이 곧 정당한 것으로 드러났다. 그 뒤 그 걱정은 잡지의 기사가 다루었던, 그들의 모국어로 "starwarriors(별들의 전사)"라고 불리는 아주 젊은 과학자들에게로 옮겨갔다. 그 단어는 어떤 신호를 내 마음 속에서 촉발했지만, 나는 여전히 무시할 수 있었다. 최고의 재능을 가진 아주 젊은 남자들, 그들은 ― 무섭게도, 그들의 뇌의 특정 중추의 과도한 활동에 이끌려 ― 악마에게 헌신하지는 않지만 (아, 동생아! 옛날의 선량한 악마! 그 악마가 아직도 있다면!) 기술적 문제를 통한 매혹에 헌신하고 있다. 기사를 읽어가면서 그들의 삶의 그림을 그려볼 수 있게 되고 난 뒤에야, 이전에는 금지했던 나의 환상이 이미 오래전에 현실에 의해 지배당했다는 사실을 점차 분명히 알게 되었다. 이들은 아내도 아이들도 친구들도 없이 또 그들의 노동 이외 다른 유흥도 없이 가장 엄격한 안전 및 비밀유지 규정에 복종한 고립된 인간들이었다. 이들은 전기적으로 생산되는 기억을 통한 대체 삶이 필요 없었다. 나는 여전히 얼마나 순진했던지! 그들이 분명히 필요로 했던 모든 것은 그들의 감정적 삶을 흡수하는 가짜 결합이었다. 하지만 천만에, 문제 없다, no problem. 컴퓨터는 왜 있는가. 그들이 그곳에, 그들의 별들의 전쟁 실험실인 리버모어에 도착한다면(나는 "넘겨지다"라는 표현을 거부한다.), 아마도 그들은 이미 끝난 거다. 내가 읽은 바에 따르면 그들은 아버지도 어머니도 모른다. 형제도 자매도 모른다. 아내도 자식도 모른다(동생아, 그곳에는 여자가 없다! 이 불편한 사실이 젊은 사람들의 컴퓨터 사랑에 대한 이유일까? 아니면 그 사랑의 결과일까?). 고도로 훈련된 뇌와 쉼 없이 밤낮으로 일하는 좌뇌를 가진 반쪽 아이들이 아는 것, 그들이 아는 것은 그들의 기계이다. 그들의 사랑스러운 컴퓨터. 노예가 갤리선에 묶여 있듯 그들은 컴퓨터에 매어 있고 속박되어 있다. 식사는 땅콩버터 바른 빵. 토마토케첩과 햄버거. 냉장고에서 꺼낸 콜라. 그들이 아는 것은 핵 추진 뢴트겐 레이저 건조가 목표다. 이는 미래의 핵무기 전쟁을 우주로 이동시킴으로써 미국을 총체적으로 보다 안전하게 한다는 환상의 핵심이다. ― (그들은 도대체 무엇일까? "진리"에 사로잡힌 과학자의 합법적 후손인 우리 모두에게 신뢰받는 하나의 신화일까? 아니면 학자를 부정에 대한 증인으로 끌어댈, 그의 비합법적 자손들일까? 집착은 어떤 오점일까? "평범한 삶"은 하나의 가치 그 자체일까?) 내 안의 신호는 더 커졌고 나는 잡지를 내려놓을 수밖에 없었다. 여기서 이야기한 사실을 내가 이미 알고 있다는 느낌은 어디에서 온 것이었을까? 별들의 전사.

    Star wars. 별들의 전쟁… 그렇다! 언젠가, 거의 꼭 3년 전에 우리는 초만원 극장에 앉아 있었다. 미국 서부 해안에 있는 캘리

포니아의 버클리에 있는 리버모어 국립 실험실에서 불과 몇 마일 떨어진 곳이었다. 처음에는 당혹스러운 놀라움을 갖고, 그다음에는 점점 커가는 중압감을 안고 영화 〈스타워즈〉 에피소드 2를 보고 있었다. 그 제목은 곧 생각날 테지만, 영화에 대해 지나치게 예민하게 생각할 필요는 없었다. 나는 그저 제일 먼저 내 바로 뒤에 앉아 있던 젊은 흑인 여성에 대해 생각해야만 했다. 그리고 극장의 관객 모두처럼 그녀는 선량한 백인 우주 전사들과 사악한 흑인 우주 전사들의 우주전쟁에 열광적인 관심을 보였다. 줄거리가 정점에 도달했을 때, 그 젊은 흑인 여성이 그를 죽여! 그를 죽여! 하며 날카로운 목소리로 외치는 소리가 여전히 귓가에 맴도는 것 같았다. 그리고 생각이 났다. 그때 사용했던 무기들은 물론 광선무기였고 당연히 이 영화로 믿을 수 없을 정도로 부자가 된 이 두 편의 영화의 감독이 (〈제다이의 귀환〉, 그래 그 영화의 제목은 그랬다.)[41] 리버모어의 별들의 전사들과 아니면 별들의 전사들이 영화 관계자들과 상의했을 것이다. 그리고 모두는 정치가들과 상의했을 것이다⋯ 그리고 나는 이해했다. '안전'이라는 환영이 아니었다 ─ 아니, 미국의 최고 두뇌들을 한데 모은 것은 죽음의 소용돌이, 무의 구현이었다.

---

[41] 스타워즈 에피소드 2의 제목은 〈클론의 습격〉이다. 작가가 말하는 〈제다이의 귀환Star Wars Episode VI: Return of the Jedi〉은 스타워즈 영화 6부작 중 시나리오 상 마지막인 6번째 에피소드에 해당하며, 제작 시기상으론 세 번째로 만들어진 작품이다.

어쩔 수 없이 내가 다시 되돌아간 그 보고서의 파우스트는 프랑켄슈타인이 아니라, 페터 하겔슈타인이었다. 그레트헨의 애칭은 요지-요제피네 슈타인이다.[42] 페터는 달리기 주자, 수영선수이며 피아노와 플루트를 연주하고 프랑스 문학을 좋아하고 불면증과 우울증에 시달리며 일상에 적응하지 못한다. 그는 하루에 14, 15시간, "주 7일"을 일한다. 과학적 목적의 뢴트겐 레이저를 발명하여 노벨상을 수상하려는 그의 목표는 리버모어에서 방향이 바뀌었다. 하겔슈타인-파우스트에게 폭탄은 혐오스러운 것이다. 요지 그레트헨은 이러한 증오를 확고하게 지지한다. 그녀는 리버모어 문 앞에 나타난 데모 주동자들에 합류하기 시작한다. 과로와 통제불능의 상태에 빠진 하겔슈타인-파우스트는, 단 한 발의 폭탄에 두 개의 다른 장치들을 구동하여 뢴트겐 레이저를 발생시킨다는 자신의 천재적인 아이디어 중의 하나를 무심코 내뱉는다. 그러자 그들은 정치적 압박을 가하여 그에게 정확한 계산을 하도록 강요한다. 이것은 사실 그가 원하던 일이 아니다. 요지는 항의한다. 그러고 나서 그녀는 페터와 헤어진다. 다른 이들의 실험보다 우수한 것으로 입증된 그의 실험은 이미 1980년에 실행되었다. 그리고 1983년 우리는 아무것도 모른 채 그 영화관

---

[42] 괴테의 작품 『파우스트』를 빗대어, 새로운 것에 호기심을 가진 과학자를 작품의 주인공 파우스트로, 그의 애인을 파우스트의 애인 그레트헨으로 비유.

에 앉아 있었던 것이다.

   앎이 아니라 명성을 얻고자 하는 파우스트. 파우스트 때문에 파멸하는 대신 그를 구원하려는 그레트헨… 새로운 파우스트-그레트헨 변형극에 대해서는 나중에 생각해 볼 것이다. 이미 이전에 몇몇 경우에 그랬듯이 나는 내면에서 한기를 느꼈는데, 그것은 퍼져나가려는 경향이 있다. 나는 은밀히 죽음에 중독된 사람들에 대항할 방법을 알지 못한다. 쥐들. 버튼을 눌러 자신들의 중추신경을 자극시키도록 훈련된 쥐들의 그림이 다시 생각난다. 그것들은 누름 버튼에 전적으로 의존한다. 누르고, 누르고 또 누른다. 굶어 죽고 목말라 죽고 멸종될 위험을 무릅쓰고.

   어쩌면 우리 인간의 진화는 어떤 갈림길에서 길을 잃어, 파괴 충동에 쾌락 만족감을 연결했을 것이다. 아니면 어떤 두려움이 그 젊은 남자들에게 우리 평범한 사람들이 "삶"이라고 부르는 것에 대항해 그렇게 확실하게 벽을 치게 했을 것이다. 자기 자신보다 차라리 원자를 '해방시키는 것'이 나을 것 같은 그렇게 엄청난 두려움 말이다… 나의 잠은 나 자신의 책임은 어디 있는가라는 질문을 불안하게 계속했다. 맹점을 맴돌면서. 내 말들은 아무리 힘껏 노력해도 그 맹점에 대해서는 알려고 하지 않았다. 알아서는 안 된다 —

        동생아, 너는 수술 뒤 처음 잠에 들었을 때 떨어지고, 떨어지고, 떨어지는 꿈을 꾸었다. 높은 곳에서, 어쩌면 멈춤 없이.

그런데 무서워하며 예견한 대로 충돌하였으나 박살나지 않고, 거대한 건초 더미에 부드럽게 떨어졌다. 우리의 옛 조상 때부터, 즉 나무 위에 살던 영장류부터 이 추락에 대한 공포는 우리 안에 깊게 새겨졌다. 동생아, 그게 우리의 최초의 유아기의 두려움이다, 아니 공포 그 자체다. 그리고 그날 그 공포가 네 내면에 다시 깨어났다는 사실은 어렵지 않게 이해할 수 있다. 나는 이와는 반대로 꿈속에서 조부모님과 함께 있었다. 거의 낡은 나무 침대들만 있는 좁은 방 안에 있었다. 나는 침대 모서리에 앉아서 할머니 마리의 어깨에 팔을 두르고 있었다. 왜냐하면 할머니의 남편, 우리 할아버지 고트리프가 막 돌아가셨다고 했기 때문이다. 하지만 할머니는 그다지 슬퍼 보이지는 않았다('사실'은 할머니가 할아버지보다 먼저 돌아가셨다). 그런데 어떻게 된 일인지 돌아가신 할아버지가 다시 그 자리에 계셨고, 다른 두 조부모님도 우리 맞은편에 앉아 계셨다. 우리는 고트리프 할아버지의 연금이 마지막에 얼마였을지를 이야기했는데, 마리 할머니가 조용히 말씀하셨다. 최고 연금, 130마르크. 나는 몹시 슬펐지만 방 안의 분위기는 평화롭고 친밀했다. 친·외가 조부모님들은 살아생전에 그렇게 친하지 않았지만, 나는 그분들 곁에 있으면 보호받고 돌봐지고 지켜지고 있다는 것을 알았다. 또한 그분들이 내게 어떤 지식을 전달하려고 하는 느낌도 받았다. 나는 잠에서 깨어나며, 그분들이 우리 모두는 죽을 수밖에 없으며 우리는 그 사실을 받아들일 수 있다는 것을 내게 말씀해 주시려 했다고 생각했다. 아주 짧은 시간에 우리의 삶은 그렇게 간단한 진실을 향해 달려간다는 것을 이해했다. 그리고 나는 조부모님께 그리고 나와 조부모님보다 더 이전에 힘겹게 삶을 헤쳐나갔던 모든 조상들에게 감사했다. 하지만 이런 감정은 아주 빨리 사라졌다. 나는 오후에 커피를 내려 마셨다. 이제까지 원자로 참사로 인한 사망자는 두 명 이상이 되지 않는다고 들었다. 이 수치를 거의 조롱하듯 의심하는 목소리들도 있었고, 진짜로 생각하는 목소리들도 있었다.

불현듯 화분에 심어 겨울을 나던 일본의 평화 꽃을 화단에 옮겨심어야 한다는 생각이 들었다. 밤 서리는 이제는 더 이상 내리지 않을 것 같았다. 작년에 씨앗을 받을 때, 어린 식물이 단련되어야 우리 기후에 잘 견딘다는 조언을 들었다. 한 일본 군인이 일본과 버마 전쟁 당시 이 꽃을 집으로 가져와 평화의 상징으로 심었고, 그 후 이 꽃은 일본 전역에 퍼졌다고 한다. 사람들은 이 꽃이 유럽에도 뿌리내리기를 바란다고 했다. 나는 책임감을 느끼며 이 시범 모종을 화단 빈 곳에 심었다. (모종 중 하나만이 작년 추운 가을까지 살아남았다. 그 씨앗을 이용해 화분들에서 모종을 키우려 한다. 모종의 입장에서는 보호된 환경에서 겨울을 날 수 있을 것이다. 어떤 명분도 필요하지 않은 활동이다) ㅡ

동생아, 내가 바라는 것은 두말할 필요 없이 네 몸의 어느 깊은 곳에서 회복력이 지속적으로 생성되어, 그 회복력이 가장 필요한 부분에 전달되는 것이다. 그것이 반드시 머리일 필요는 없으며, 어쩌면 지금 벌써 통증이 욱신거리기 시작한 상처일 수도 있다. 네가 아직 생각하고 있다고 믿지는 않는다. 생각과 언어가 서로 연결되는 그 중추는 아직 어둠 속에 있을 거다. 인간 이하의 영장류에게서는 주로 중간뇌의 중심회색질[43] 안에 숨어 있는 조음(調音) 중추는 —

갑자기 강력한 활동 욕구를 느낀 나는 다시 헛간으로 가서 자전거를 꺼내 들고, 잘 타지는 못했지만 확실하게 페달을 밟으며 변전실까지 이어지는 작은 언덕을 넘어갔다. 심장이 뛰고 맥박이 높아진 것을 만족스럽게 느끼며 이웃 마을 쪽을 향해 좁은 아스팔트 포장도로를 전속력으로 질주했다. 눈길이 닿는 한 둘러보았다. 올해 좌우로 곡식이 자라있을 것이나, 익은 곡식들의 색조를 질리도록 볼 수는 없을 것이다. 이 하루를 단순히 내 뒤로 흘려보내지는 말아야 하고, 매시간을 겪어내야만 했던 이 날은 추억이 될 것이었다. 이웃 동네 길에서는 아이들만 마주쳤다. 그들이 내 뒤에서 뭐라 외쳤지만 돌아보지 않았다. 이 외딴 마을에는 자전거를 탄 낯선 이는 거의 오지 않았다. 마을 출구 푯말을 지나치는 순간 내 머리 바로

---

43 중심회색질(中心灰色質, central grey), 수도관 주위 회색질(periaqueductal gray, PAG) 또는 수관주위 회색질: 중간뇌 수도관 주위의 회색질로 자율 기능, 동기 행동, 위협 자극에 대한 행동 반응에 중요한 역할을 하는 핵이다. PAG는 하강 통증 조절을 위한 주요 제어 센터이기도 하다. 이것은 통증을 억제하는 엔케팔린(enkephalin) 생성 세포를 가지고 있다. 중뇌수도 주변부 회백질(periaqueductal grey area)이라고도 한다.

위에서 첫 번째 제트전투기가 음속 장벽을 돌파하는 것 같았다. 이 음속 돌파에 익숙할 수 없었기에 다시 내면 가장 깊은 곳까지 공포에 질려 몸을 숙인 채 숲의 보호를 받으려고 가능한 한 빨리 계속 달렸다. 그러는 사이 근처 새 비행장의 전투기부대가 훈련 비행을 마쳤다. 전쟁 말기에 기관총을 내리갈기며 내 머리 위로 급강하하던 비행기에 대한 공포가 절대 나를 떠나지 않을 것이라는 사실을 오래전부터 감수해야만 했다. 땀에 흠뻑 젖은 채 숲 가장자리에 도착했고, 길 오른쪽으로 방향을 틀어 온 신경을 집중해야만 하는 울퉁불퉁한 좁은 오솔길을 따라 오른쪽 옆에 우리 슈타인탄츠[44]가 있는 그곳까지 달렸다. 자전거를 길옆에 뉘어 놓고 푹신푹신한 숲 바닥을 3, 40미터 걸어갔다. 거기에 돌들이 서 있었다. 아홉 개의 막돌들이 다듬지 않은 모서리를 아래로 향한 채, 늙은 너도밤나무 아래 하나의 규칙적인 원형을 이루며 서 있었다 ― 나중에, 한여름에 나뭇잎이 무성해지면, 초록의 어스름 속에 서 있게 될 것이다. 지금은 너도밤나무들이 초록 잎을 막 틔우기 시작한 때라, 평소와 달리 그저 약간 여과된 빛 속에 나는 서 있었다. 왜 우리는 항상 다시 이곳 ― 우리가 볼 때 돌들이 표시한 원형의 가장자리 혹은 한가운데 ― 으로 되돌아올까. 그 이유를 우리는 알고 있다. 우리는 비밀을 찾고 있다. 이 돌들이

---

44 슈타인탄츠(Steintanz): 직역하면 돌춤. 선사시대의 문화와 무덤지역으로 돌이 원형으로 둘러 서 있다.

회색의 선사시대에 여기 세워진 것이 아니고("…중간뇌의 중심회색질에 숨겨진…"), 훨씬 후대의 세기에 세워졌다고 해도 ― 우리는 그것을 알고 싶어 하지 않는다. 우리가 상상하고 싶은 것은 아주 먼 조상들이 바로 이 돌들을 바로 이 자리에 이 패턴으로, 이렇게 세워놓을 필요가 있었다는 사실이다. 이 돌들의 도움으로 의식을 완성하기 위해서 ― 유혈로? 무혈로? ― 그들은 자신들의 기질의 우월성과 타당성에 대한 확신을 견고히 했으리라. 우리 자신들의 경계설정 의식이나 그 건축물을 고려해서 그것을 '야만스럽다'고 부르는 것을 그만두었다. 여기서 춤추고 연구하고 제물을 바쳤을 그 종족 구성원의 뇌는 우리의 것보다 더 미개하지 않았다. 오늘날 그 누구도 호모 사피엔스로의 이행을 '도약'이라고 생각하지 않는다. 약 십만 년 동안 뇌의 크기는 자신에게 요구된 업적과 엄청난 불균형을 이뤘다. 동물 세계로부터 내쫓긴 이 원시 인류들은 자신들의 과도하게 발전되고 극도로 활성화된 신경 시스템에 압박을 받아서, 강제로 이 압박을 장점으로 즉 인간으로 창조되어야만 했다. 오늘날 주변 사람들은 이 지역을 "마른 항아리"라고 부르는데, 그것은 마부들의 시대부터의 전설이다. 이들은 북독일-폴란드 간 옛 소금길 근처를 지나가던 도중에 이곳에서 휴식을 취했다. 물이 없는 휴식이었다. 이 항아리에서는 물을 길을 수 없었다 ―

　　　　뇌의 무성한 증식은 긴 선사시대 내내 호모 사피엔스의

조상한테 방해도, 도움도 되었을 것이다. 동생아, 저 돌들과 춤들과 의식들은 문화적 장치를 발전시키는 데 도움을 주었을 거고, 그들이 자신들의 인간됨을 담아낼 형태들을 마련해 주었을 거다. 우리는 말하지, 관습이라고 ―

슈타인탄츠는 아주 조용했다. 나는 오랫동안 그곳에서 가장 큰 돌에 기대서서, 나에게 떠오르는 이미지들에 몸을 맡겼다. 숲은 강력한 봄향기를 풍겼다. 향기는 서술할 수 없다는 걸 너는 알지. 아마 그때쯤이었을 거야. 주치의가 네 침대에 다가와 네가 깨어난 것을 보고서 수술 경과를 설명하던 때. 하지만 너는 집중할 수 없어서 아직은 이해하지 못했지. 반복적이고 집요한 그의 질문, 제가 보이나요? 라는 질문에 너는 이번에 쉰 목소리이지만 명확하게 "네!"라고 대답한다. 이 대답은 의사를 대단히 만족하게, 아니, 안심하게 만드는 것처럼 보였다. 인간적인 판단에 따라 우리는 유해한 모든 것을 제거했습니다, 라는 그의 말은 너를 다시 안심시켰다. 그는 자신의 말이 너의 굼뜨고 불응하는 정보 처리 시스템 안에서 입구를 찾을 때까지 정말 자주 그 말을 반복했다.

나는 봄 숲의 향기가 너의 기억 속에 확실히 자리 잡기를 바랄 뿐이다. 나의 아이는 무얼 하나 / 나의 사슴은 무얼 하나…[45]

---

[45] 『그림 동화』 중의 「어린 남매들」(Brüderchen und Schwesterchen)에 나오는 구절.

나는 숲을 지나 조금 더 갔고, 나무에서 질병의 징후를 찾았지만 아무것도 발견할 수 없었다. 우리가 방사능과 함께 살거나 숲의 황폐와 함께 사는 것, 둘 중의 하나를 선택해야만 한다는 사실은, 우리가 그 문제를 논할 당시 나를 극단적으로, 네가 보기엔 과장되게, 날카로운 표현을 하게 만들었다. 우리가 처한 이 허위적 양자택일 상황에 대한 격한 반응이었다. 그러자 네가 말하는 것을 들었다 ― 그렇다면 나 역시 생활 편의에 대한 나의 요구를 줄일 각오가 되어있어야 한다고. 나의 아이는 무얼 하나 / 나의 노루는 무얼 하나 / 이제 나는 두 번 더 오겠지만 그 뒤에 다시는 안 오리라. 이게 사실일까? 우리 자신의 욕망들이 이 지점으로 우리를 데려온 것일까? 우리의 지나치게 크고 할 일 없는 뇌의 부분이 조울증 환자의 파괴적 과잉활동에 빠져, 더 빨리 더 빨리 드디어 ― 오늘날엔 광속으로 ― 늘 새로운 환상을 만들어 내고, 우리는 멈출 능력도 없이 소망하는 목표로 전환시켜 기계 문명에 생산 과제로서 넘겨 버린 것일까? 돌아올 때는 오후에 불기 시작한 바람을 거슬러 오느라 자전거 타기가 더 힘들었다. 왼쪽 숲 가장자리에서 이제 사슴 떼가 파종된 곡식을 먹는 것을 보았다. 나의 아이는 무얼 하나 / 나의 사슴은 무얼 하나 / 이제 나는 이번은 가지만 그런 뒤 다시는 가지 않으리. 드디어 내 기억은 이 구절이 어디에 나온 것인지, 누가 이 구절을 말하는지, 이 모든 기억이 이날의 기본 패턴과 어떻게 연관되는지 알아냈다. 나는 폭소를 터뜨리고 말았다. 「어린 남매들」이었다. 이 동화가 어린아이였던 우리를 한없이 깊은 슬픔에 빠뜨렸는데, 그래도 우리는 늘 다시 이 동화로 되돌아갈 수밖에 없었다. 우리는 나쁜 계모에게 쫓겨나, 손에 손을 잡고 우거진 숲으로, 네가 마시고 싶어 했던 샘물들로 나갔다. 누나, 나 목말라. 작은 샘물이라도 알고 있으면 그곳에 가서 한 모금 마시고 싶어. 샘물이 졸졸 흐르는 소리를 들은 것 같아… 샘물들은 살랑대는 목소리로 우리에게 경고했다. 나는 그 말을 네게 번역해 주었다. 동생아, 마시지 마. 안 그러면 너는 야생동물이 되어 나를 찢어버릴 거야. 그때 내게 심장이 찢기는 슬픔이 시작되었고, 자주자주 너의 갈증을 진정시키려 했다. 하지만 우리 둘은 동화가 어떻게 되는지 알고 있었고, 우리는 아무것도 바꿀 수 없었다. 너는 갈증 때문에 아주 난폭해졌다. 물 한 모금만 마시겠다고, 비탄하고 탄식하면서 마지막 우물에서 물을 마시도록 허락할 때까지 내게 애원했다. 그것은 우리집 부엌에 있는 수도꼭지였다. 그리고 이제 너는 우리가 협박받은 것처럼 사슴이 되었고, 그것은 충분히 나빴지만 네가 호랑이나 늑대가 되어 나를 조각조각 찢는 것보다는 나았다. 나는 동화에 나온 대로 네 목에 끈을 묶고, 우리집을 울창하고 빽빽한 숲이라 여기며 사슴처럼 너를 데리고 온 집안을 끌고 다녔다. 우리 둘은, 탁자 아래서 함께 평화롭게 살고 싶은 피난처를 찾기 전까지는 두려워했다. 목이 말라 죽던가 야생동물로 변하던가 하는 것은 운명이었다. 동생아, 나는 네게 자주 또 자주 어린 누나가 자제할 수 있다는 것을, 나도 너처럼 정말 목이 말랐지만 꼭 마시지는 않아도 된다는 것을 보여주었다. 하지만 너는 꼭 마셔야만 했고, 너는 나의 눈물과 간청에도 불구하고 사냥꾼 무리가 지나갈 때 숲 밖으로 나갔다. 낯선 왕자를 우리의 피난처까지 데려온 것도 너였다. 나는 그 사람을 남편으로 전혀 원하지 않았다. 왜냐하면 동생아, 나는 오직 너만을 원했기 때문이다. 네가 비록 사슴이었다고 해도 말이다. 밤에 우리는 깨어있으면서 우리 엄마도 사실 계모일 수도 있지 않을까 속삭이며 물어보았다. 그리고 우리는 절대로, 결단코 헤어지지 않기로 맹세했다. 하지만 어느 날 밤 네가 물었다. 내가 그 누구도 모르는 사이에 사악하고 질투심 많은 계모가 몰래 밀어 넣은 가짜 누나가 아닌가 하고. 그때 나는 우리가 알고 있고 가장 절박한 위급 상황을 위해 보관했던 가장 강력한 주문을 외워야만 했다. 내가 친누나가 아니라면 죽어 쓰러질 거야. 동생아, 내가 이 말을 하자 너는 잠시 말을 멈추더니 조심스레 물었다. 죽어 쓰러졌어? 나는 슬픔을, 가슴에 슬픔을 안고 말했다. 아니. ― 그 순간 절대 증명할 필요가 없는 것이 증명되었다. 나의 아이는 무얼 하나 / 나의 사슴은 무얼 하나… 아, 슬픈 시구에 대한 유년기의 감수성. 우리 본성의 어두운 이면에 대한 어린 시절의 공포. 우리는 살인과 폭력을 통해서만 이 어두운 이면에서 벗어날 수 있었다. 가짜 누나는 숲으로 끌려가 야생동물들에 의해 갈기갈기 찢겼다. 마녀는 불에 넣어져 고통스럽게 태워져야 했다. 그리고 마녀가 재가 되자 사슴 새끼는 변신하여 인간의 모습을 다시 찾았다. 어린 누이와 어린 남동생은 죽을 때까지 행복하게 함께 살았다.

그날은 마지막 순간까지 나무랄 데 없이 완벽했다. 자전거로 언덕을 넘을 수 없어서 결국 자전거를 끌고 변전소 옆을 지나 마을로 돌아왔을 때, 태양은 아직 두 뼘 너비 정도 지평선에 걸려있었고, 모든 윤곽들은 저녁이 되면서 점점 더 선명해졌고, 색깔은 더욱 강력해졌다. 여기에 와보기 전에는 초록색이 어떤 다양한 색조를 가질 수 있는지 알 수 없었다. 마을의 집들 앞 좌우에, 홀로 남은 노파들이 각자 따로 앉아 있었다. 그들은 통풍으로 굽은 손을 무릎에 깍지 끼고, 고개를 숙인 채, 자기 앞의 땅바닥의 한 지점을 뚫어지게 쳐다보고 있었다. 그들은 내 인사에 거의 답하지 않았다. 이 마을은 몇 년 후에 비게 될까?

내가 자전거를 타고 거대한 보리수 두 그루 사이의 우리 땅으로 들어가던 중 집 앞의 잔디밭에 몇 사람이 서 있는 것을 보았다. 가까이 가면서 그들이 한 가족이라는 것을 알았다. 남편, 아내, 거의 다 자란 딸이었다. 그들이 주위를 둘러보고 정원으로 움직이기 시작하는 모습에서 뭔가를 찾고 있다는 걸 알았다. 그들의 존재에 대한 불쾌감을 억눌러야만 했다. 나는 자전거를 헛간 벽에 기대어 놓고 잔디밭을 건너 그들에게 갔다. 그들에게 뭔가 특별히 원하는 것이 있는지 물어보자 그들은 놀란 듯 몸을 돌렸다. 남자는 살짝 당황하며 ─ 어림잡아 50세로 보였다 ─ 내게 이야기해 주었다. 그는 45년 당시에 이 집의 방에서 어머니와 형제자매들과 함께 피난민 생활을 했다고 했다. 네. 이 집이 분명해요. 그가 반쯤 질문하는 것처럼 살짝 격앙된 목소리로 반복했다. 내가 그의 말을 확인이라도 해줄 수 있다는 듯이. 이 자리예요. 이 보리수들이에요. 베란다로 이어지는 난간이 좌우에 있는 이 돌계단… 그는 아주 확신하듯이 말했다. 그리고 이 마을이에요, 이 마을도 그래요. 그는 당시 아이였다고 했다. 그렇지만 어떤 사물들은 그에게 지울 수 없이 각인이 되었단다. 그리고 그들은 그때 해안가에서 그리 멀리 떨어져 살지 않았기에 마침내 딸에게 이 모든 것을 보여주기로 했단다. 솔직히 그는 여기에 오게 된 또 다른 이유가 있었다. 그의 말에 따르면 당시 그의 어린 여동생이 티푸스로 사망하자 이 땅에 묻었다는 것이다. 당시 그들 모두 티푸스에 걸렸다고 했다. ─ 그래요, 맞아요. 내가 말했다. 그건 사실이에요. 나도 알아요. 하지만 전쟁 직후 첫해의 티푸스 이야기를 꺼내는 사람이라면 나의 공감을 기대할 수 있지만, 이 남자에 대해서는 왠지 모를 불쾌함이 느껴졌다. 무슨 권리로 이 남자의 어린 여동생의 뼈가 여기 우리 소유의 땅에 묻혔다고 추측한단 말인가. 이 남자는 어떻게 나한테 이렇게 말할 생각을 했단 말인가. 40년 전에 누군가가 이불에 말려서 혹은 간단히 종이 상자에 담겨 여기에 묻혔을 거라는 사실을 나는 전혀 알고 싶지 않았다, 나는 그의 여동생의 이름이 아네리제라는 것, 그녀가 겨우 3살이었다는 사실, 그들이 그녀에게 줄 먹을 것이 정말 아무것도 없었다는 사실을 알고 싶지 않았다. 나는 이런 이야기들을 잘 알고 있다. 동생아, 나는 너보다 앞서 실려 갔던 H.에 있는 티푸스 병원에서 네가 해골처럼 말라갈 때 네 곁에 있었다. 내가 드디어 복도를 따라 서른 걸음 걸어 네 병실에 갔을 때 너를 거의 알아보지 못했다. 이제 올리브색의 짧은 외투를 입은 이 남자가 자기 여동생 아네리제 이야기로 나를 괴롭히지 않았으면 좋겠다. 나는 편안히 잠자려고 이곳에 왔다. 굶어 죽어가는 어린 소녀에 대한 서술은 필요하지 않다. 그 이야기를 전혀 듣고 싶지 않다. 나는 갑자기 그 자신도 예상치 못한 추억과 감동에 사로잡힌 그 남자의 말을 거의 무례할 정도로 끊고는, 묘지가 고작 백 미터도 안 되는 곳에 있는데 아이가 거기가 아닌 목사의 사유지에 묻혔을 리 없다고 했다. 나는 그 남자를 불확실하게 만들었다. 그가 말했다. 그렇게 생각하신다면, 혹시 물어볼 만한 목사가 계신지요. 내가 말했다. 아니요. 교회는 기념 건축물이 되었고, 이제는 예배를 드리는 곳이 아니에요. 목사는 아주 젊고 이웃 마을에 살고 있어요, 45년 당시에 대해 뭔가 말해줄 수 있는 사람은 거의 없어요. 만일 그에게 여동생이 중요했더라면 왜 40년을 기다렸을까. 이 남자의 삶에서 갑자기 빈틈이 생겼을 수도 있겠다고 이해했다. 그 틈으로 굶어 죽은 여동생의 얼굴과 작은 몸집이 다시 떠올랐을 것이다. 하지만 그때 나는 이 남자를 도와줄 수 없었다. 다행히 세 사람은 묘지 쪽으로 떠났다. 나는 몸을 돌렸고 태양이 벌써 지붕 뒤로 미끄러져서 집이 역광 속에 있었다. 그리고 지금까지 거의 쭉 친절하게 보였던 그 남자의 얼굴이 못나게 찡그러져 보였다. 순간적인 기분에 굴복하는 습관을 고쳤기 때문에, 나는 실제의 이 끔찍한 감정을 과도한 긴장이라고, 정신적 탈진이라고 여기며 망설이지 않고 집 안으로 들어갔다. 하지만 그 순간을 더 이상 잊을 수가 없었다. 물론 오래전에, 괴물이 모든 피부를 찢고 그 틈을 뚫고 나올 수 있다는 사실을 알고 있었다. 그리고 건물 뒤의 버팀목이 때때로 무너지기 마련이라는 사실을, 바로 우리 눈앞의 모든 길들이 심연으로 빠지는 것을 좋아한다는 사실을 알고 있었다.

 유감스럽게도, 나는 집 안을 서성이기 시작하면서 생각했다, 나는 너무 이른 유년기에, 내 개인의 운명과 세계의 흐름이 선의의 끈으로 서로 연결되어 있다는 그릇된 확신을 심어주었다고 생각했다. 그리고 지금 이 집 창문으로 내다보이는 땅 어딘가에, 샅샅이 뒤지고 있는 이 땅 어딘가에 어쩌면 묻혀 있을지도 모르는 그 어린 여동생이 굶주림으로 티푸스의 손쉬운 먹잇감이 되었을 때, 나는 이미 아주 힘든 고비는 넘긴 상태였다. 그 이야기는 사실 조각조각 부서져 있었다. 결말들이 어떻게 조립될지 알 수 없었다. 아마 내가 감자와 우유를 구하기 위해 일할 만큼 충분히 나이가 들었기 때문에, 티푸스는 쇠약해진 내 몸을 공격하지도 않았고, 치명적이지도 않았다 — 너의 티푸스도 그랬다, 동생아. 우리는 그 당시 그리고 그 이전과 이후 가끔 운이 좋았다. 비록 행복에 대한 권리가 여기서 유래하는 것은 아니라는 사실을 알고는 있지만, 나는 행복에 대한 습관적인 권리가 있다고 생각하는 것 같다. —

그래서 내가 너의 수술의 결과가 좋을 거라고 확신한다고 너한테 장담했을 때, 그건 거짓말이 아니었다. 거짓말도 아니고 완전히 진실도 아니었다. 그렇지만 한 가지, 즉 네가 네 삶에 대해서, 삶이 가져올 수 있는 모든 것이 네게 주어졌고 이제는 그저 반복될 뿐이라고 말했을 때 나의 격정적인 항의, 나의 분노는 완전히 진짜였다. 그때 나는 화내며 확신에 차서 내 자신의 가장 은밀한 생각을 비난했다 ─

올리브색 외투를 입은 남자의 아내를 지금 비난하듯이. 그녀는 가면서 이렇게 말했다. 당신 여동생이 무엇을 면했는지 누가 알겠어요. 그 아넬리제가 만약 우리 사유지에 어쩌면 늙은 호두나무 아래 묻혔다면 그녀는 이제 44살이나 되었을 것이다. 나는 그녀의 인생을 생각해 보기 시작했다. 그러면서 동시에 집에서 에너지가 소비되는 장소를 세면서, 그런 곳이 너무 많다는 결론에 이르렀다. 우리가 어떤 식으로 명확하게 전력 낭비를 줄일 수 있을지 고민하면서 말이다. 내가 팔 아래에 끼고 돌아다니는 작은 라디오는 건전지로 작동했다. 내가 다락방에서 창문마다 다니며 절대로 질리지 않는 빼어난 풍경을 마음속에 담아두는 동안, 키이우에서 어머니나 할머니들이 아이들과 함께 도시를 떠나기 시작했다고 라디오에서 보도

했다.[46] 나는 마음속으로 이 아이들을 그려보았다. 비록 아이들이 먼 옛날 자신들의 도시를 휩쓸었던 전쟁에 대해 들을지라도, 상처받지 않을 감정을 다시 발전시킬 수 있었던 것은 아이들이었다. 지금 이 순간, 그들이 모르는 사이, 그들 중 몇몇의 생명은 ― 미신적인 두려움 속에서 나는 생각에서조차 그 숫자를 가능하면 낮게 잡았다 ― 맹목적인 우연의 결과로 인해 영원히 흉터를 입을 것이라고 생각할 수밖에 없었다.

왜 우리는 우연에 맡겨져 있다는 것을 견디지 못할까. 오전에 온 편지들을 드디어 읽기 위해서 책상에 앉았다. 편지 중에는 여든이 넘은 그 여인의 편지도 있었다. 그녀는 휘갈겨 쓴 노인의 필체로 런던에서 내게 편지를 보냈다. 우리 둘이 '기진맥진'이라고 부르는 그녀의 병이 지속될수록 정말 기꺼이 그녀를 만났으면 했다. ― 이것은 내 속에서 일어나는 의심에 너무 깊이 관여하지 않으면서 내 마음속에서 키우고 있던 소망이었다. 노년의 두려움일까요? 그녀는 이렇게 썼다. 집중력, 삶의 기쁨, 활력의 감소에 대한 두려움일까요? 그녀는 그것은 터무니없는 헛소리일 뿐이라 했다. 일, 기진맥진, 쇠약의 리듬에 몸을 맡기는 것 그리고 본질적으로 변혁을 촉구하는 우리 내면의 힘들을 믿는 것은 얼마나

---

46 1986년 키이우 북쪽에 위치한 체르노빌 원자력 발전소에서 사고가 발생한 이후 체르노빌 지역은 방사능 오염으로 통제 구역이 되었고, 키이우는 방사능 낙진과 인접성으로 인해 영향을 받는 지역이 되었다.

이성적인가라고 썼다. 재탄생의 촉구.

얼마나 멋진 단어인가. 동생아, 너도 들었지, 재탄생. 그래, 나 자신도 그런 종류의 언어를 사용하며 의미를 부여했던 그 시절을 아직도 선명히 기억하고 있다. 짧고 날카로운 그리움의 고통이 그 시절 전체를, 그 시절이 가라앉은 심연을 내 앞에서 열어젖혔다. 언젠가 — 아마도 한꺼번에는 아니고, 어쩌면 오늘에서야 비로소 — 우리의 삶의 그물을 어떤 고정점에 붙잡아 매어두던 밧줄들이 끊어졌음을 나는 알았다. 밧줄들은 보호라고도 속박이라고도 할 수도 있다. 우리 이전의 사람들은 영원히 그 밧줄에 묶여 매어 있을 거다. 우리 뒤의 사람들은 그 밧줄을 잘라서 자신들이 풀려난 것을 보겠지, 자신들에게 남아 있는 것을 행하는 것도 그만 두는 것도 자유롭다는 걸 알겠지. 우리는 두 번 다시 그 속박에 의지할 수 없다. 동시에 속박에 대한 그리움일지는 몰라도, 그것에서 완전히 벗어날 수도 없다. 런던에 사는 내 편지 파트너에 따르면 그녀가 유대인이라는 우연이, 히틀러 시대 때, 베를린에서 그녀를 내몰았다고 편지에 썼다. 그녀가 자발적으로 그런 결단을 내리지는 않았을 것이라 했다. 그녀는 자신의 직업이나 친구 관계에 아주 깊이 뿌리내리고 있어서 친밀감, 온기, 인정에 목말랐다고 한다. 낯선 외국어권에서 사는 여의사나 여성 심리학자를 상상해 보라고 했다. 그러면 그녀가 예상한 대로일 것이라 했다. 그녀가 그 어느 곳에서도 집 같은 편안함을 느낄 수 없다는 것이다. 하지만 그때부터 인생의 매 순간이 그녀를 힘이 한게까지 밀어붙였고, 2년마다 새로운 직업 영역을 찾을 수밖에 없었다고 한다. 그래서 반세기보다 더 이전에 그녀를 망명하게끔 했던 불운은 그녀의 긴 인생의 과정 속에서 점차 그녀에게는 행운으로 변했다고 한다.

그녀는, 내 생각에, 완전히 그녀 혼자서 불운을 바꾸었다. 이런 생각이 들었다, 우리의 파괴 충동의 뿌리를 탐색 중인 나는 그녀의 인간의 손에 관한 저서[47]를 펼쳐 볼 생각이 들었다. 그 책은 책장에 즉시 꺼내볼 수 있다.

        동생아, 나는 네 손을 다 외우고 있고 언제라도 떠올릴 수 있다. 그 손은 이제 점점 더 말라가고 표현하기 어려운 방식으로 늙어가고 있으리라. 네 손이 담요 위에 놓여 있으리라 확신한다. 그게 네가 너 자신임을 알 수 있는 유일한 것이다. 네가 머리에는 붕대를 감고 있고, 아프고 무방비인데다 허약하기 때문이다. 우리는 종종 우리 손을 종이 위에 나란히 놓았었다. 너는 오른손을, 나는 왼손을. 그리고 각자 다른 손에 연필을 들고 손의 윤곽을 따라 그렸다. 너의 손은 점점 내 손의 크기와 가까워졌지만, 윤곽은 너무 차이가 나서 손에서 서로 다른 개성과 성향을 읽어내기 위해 전문가는 필요 없었다 —

---

[47] 샤를롯테 볼프(Charlotte Wolff, 1897~1986): 영어로는 샬럿 울프라 불리는 이 작가는 독일계 영국인 의사로 심리치료사로 활동했으며, 성 과학과 손 분석에 관한 다양한 저술을 남겼다.

그 책에서 읽었는데 인간의 손은 아주 독특한 손금을 발달시켜서, 원숭이의 손금과 인간의 손금은 차이가 난다고 한다. 다시 한번 처음처럼 매혹되어 원숭이 손 그림을 보았다. 원숭이의 손에는 개별적인 특징이 나타나지 않고 모두 단지 손바닥에 가로로 패인 '원숭이 고랑'만 그어져 있었다 — 나를 다시금 우울하게 만들었던 모습이었다. 그건 마치 원숭이가 인간 되기 실패로 인해 피조물 특유의 슬픔에 사로잡힌 것 같았다. 그리고 그 슬픔의 징표로, 우리에게 동정심을 구하는 무력한 간청처럼, 우리에게 손바닥을 내미는 것 같았다. 원인(原人)도 아직 말을 할 수 있기 전에는 평화를 표시하기 위해 손을 치켜들고 다른 동료들에게로 갔을 것이다. 하지만 거의 십만 년이 지난 뒤에야 언어가 등장하자마자, 비로소 위협과 절망의 몸짓을 보충하고, 우리를 본능의 속박에서 해방시켰고, 결정적으로 동물에 대한 우월감을 준 언어의 도움을 받았다. 하필 그 언어의 도움으로 한 무리의 인간들은 다른 무리와 경계를 그은 것 같다. 다른 언어를 사용하는 종족은 낯선 자이고 인간이 아니었으며 살해 금기의 보호를 받지 못했다. 이 사유는 불편하다. 언어는 정체성을 만드는 동시에 다른 언어를 사용하는 동종에 대한 살해 억제력을 포기하는 데도 결정적인 기여를 한다. "완전한 인간성"으로의 도약을 표시했던 바로 그 언어가, 의식을 열어줌과 동시에 이제까지 의식했던 것을 부의식으로 몰아넣었다. "우리 진화의 최신 성과인 좌뇌의 언어 능력"은 햇빛이 별빛을 어둡게 하듯이, 직관적 우뇌 기능에 대한 우리의 인식을 어둡게 만든다. "우리 조상들에게 직관적 우뇌는 세계 인식을 위한 주요 연장이었음이 분명하다." 언어의 이중성이다…

그사이 알게 된 사실인데, 나의 나이 든 런던의 여자친구, 나와 성이 같은 여인(우리를 연결해 준 우연한 상황)은 내가 그녀에 대해 글을 쓰기 시작했던 바로 그날 세상을 떠났다. 결국 쇠약해져서. 그러니까 적어도 한 번은 만나고 싶은 나의 바람은 영원히 사라지고 말았다. 그녀의 초기 책들 중의 한 권이 독일어 번역본으로 내 앞에 있다. (언젠가 그녀는 언어의 장벽을 너무 순진하게 생각하지 말라고 편지에 썼다.) 글을 읽고 있다, 서로를 이해할 수 없다는 절망감이 거의 숨김없이 드러난 글을. 그것은 어쩌면 점점 더 정확해지는 그녀의 영어도 도와줄 수 없는 절망이었다. 그 절망은 언어 층 아래에 깊이 숨겨져 있었기 때문이다. 그녀의 마지막 책을 집었는데, 그녀의 마지막 편지와 같은 날에 도착했다. 그녀의 자서전처럼 영어로 쓰였다. 그 책에는 다음과 같은 문장들이 있었다. "우리 시대의 비참한 사회적 상황 속에서 우리는 타협하며 살아가야 한다. 다양한 인격을 가진 배우가 상이한 작품을 연기하듯이. 우리의 진짜 자아를 마스크 아래 숨기고 확립된 사회적 코드에 맞추어 역할을 해내야 한다."[48] 정말 그럴까? 정말

---

[48] 이 부분을 작가는 소설 속에 영어로 인용하고, 각주를 달아 독일어 번역을 실었다. 샤를롯테 볼프의 『뒤늦은 깨달음(Hindsight)』, 런던 1980.

그렇다. 동생아 ― 네가 물었기 때문인데 ― 우리는 글을 쓰면서 점점 더 작가의 역할을 해야만 하고 동시에 그 역할에서 벗어나 우리의 진짜 자아를 내비치도록 마스크를 찢어버려야만 한다. 우리가 원하든 원하지 않든 사회적 코드를 따르는 선들 뒤에서 말이다. 이런 과정에 대해 우리는 대부분 눈이 멀어 있다. 역설적인 결과를 초래하는 오늘 같은 날은, 개인적인 것을 외부로 향하게 하고 저항을 극복하라고 우리에게, 나에게 강요한다.

가장 나중에 연 커다란 봉투에는 스위스 여성들이 히로시마 추모일에 포스터에 사용하려고 골라낸 글들이 들어 있었다. "언어 혼란"을 주제로 한 글들이라는 사실에 나는 거의 놀라지 않았다. 이런 절박한 순간에 만사가 나를 위해 움직인다는 사실에 익숙해졌기 때문이다. "온 세상이 하나의 언어를 사용하고 하나의 말을 사용했다."는 구절을 읽었다. 아주 오래된 이 문구를 처음 읽는 것 같은 기분이었다. "그리고 그들이 말했다. 자, 우리 도시를 짓고, 그 꼭대기가 하늘에 닿는 탑을 쌓자…"[49] 하지만 오만의 악취에 주님은 아주 민감하신 것 같았다. 주님은 즉시 내려와 말씀하신다. "보라, 그들은 하나의 민족이고 모두 하나의 언어를 쓴다. 이것은 그들 행위의 겨우 시작에 불과하다. 이제 그들이 무엇을 하든 못할 게 없겠구나." 곧이어 주님은 그들의 언어를 혼란시켜 우리에게 알려진 것처럼 탑 짓기를 방해한다. 놀랍게도 주

---

49 「창세기」 11장 1절~9절. 바벨탑 사건.

님은 과대망상의 황제 니므롯[50]의 경우에도 동일한 방법을 적용한다. 이 황제도 자신을 높이기 위해 멀리까지 빛나는 상징인 탑을 짓게 한다. 그 탑은 아주 높아서 "점토와 기와가 위쪽의 벽돌공에 도달하기까지 일 년이 걸렸다." 하지만 그들이 탑을 쌓고 있는 동안 "그들은 화살을 하늘에 쐈고, 화살이 핏빛이 되어 다시 떨어졌다. 그러자 한 사람이 다른 사람에게 말했다. '이제 우리가 저기 위에 있는 모든 것을 죽였어.' 하지만 이것은 주님이 꾸미신 일로, 땅에서 그들을 혼란시키고 멸망시키기 위함이었다. 그리고 그분은 그들의 언어를 혼란케함으로써 즉 한 사람이 다른 사람의 말을 절대 이해하지 못하게 함으로써 이를 행하셨다." 주님은 언어를 얼마나 중요하게 생각하시는지. 언어가 자신의 종들이 그분 자신을 반대하고 뭉치는 데 사용되는 도구가 되지 않도록 그분은 얼마나 애쓰시는지. 이와는 반대로 우리 모두는 기본 언어를 이해하고 그 언어들의 도움으로 우리의 탑들을 세우지만, 그것은 우리에게는 아무 쓸모도 없다고 나는 생각해야만 했다. 우리 모두는 어떤 기계에서 나는 기술적 음성을 알고 있다. 그 소리가 다른 장치, 로켓 추진탑이 그것을 하늘로, 이제는 하늘이라 부르지

---

[50] 니므롯(독일어로는 Nimrod): 유대교 성경인 타나크나 성경, 코란에 언급된 고대 근동의 영웅이자 왕. 성경에서 니므롯은 노아의 아들 함과 그의 아들 구스의 계보에 있는 노아의 증손자. "지상에서 처음으로 권력을 얻은 사람", 즉 왕권을 획득한 첫 번째 사람. 그는 또한 "여호와 앞에서 큰 사냥꾼"으로 묘사된다.

않고 우주라 부르는 곳으로 쏘아 올릴 때, 5, 4, 3, 2, 1, 0! 하고 함께 숫자를 센다. 그저 가끔 탑들은 다시 아래로 곤두박질한다. 그 피투성이의 화물과 함께 ―

그날은 우리가 보기만 하고 이해하지 못한 모든 징후들이 머릿속에 떠오른 그런 날이었다. 동생아, 나는 자리에 앉아 네게 편지를 쓰기 시작했다, 아직은 약한 네 눈을 위해 큰 글자로. 그리고 '새로운 시작'과 '부활'과 같은 낱말을 써넣고는 나 스스로 이 말들을 믿으려 했다. 물론 이런 단어에 집착하는 것이 반항인지, 새로운 현실을 진정으로 마주할 용기가 없어인지, 아니면 너의 회복 의지를 강화시키기 위해 ― 약간의 기만을 통해서라도 ― 쓸모있다고 판단했기 때문인지 자문했다. 순간적으로 기만 ― 자기기만이 더 낫겠다 ― 과 점점 더 가까이서 주위를 맴도는 '맹점' 사이의 연결고리가 떠올랐다 ―

하지만 우선 질문이나 초대가 포함된 다른 네다섯 편지를 정돈하고 나서, 초대한 편지에 거절한다는 답장을 썼다. 그러면서 나는 거듭 밖을 내다봤다. 나는 일몰을 놓치고 싶지 않아 해가 두 손가락 너비만큼 지평선에 걸려있을 때 다락방으로 뛰어가서 북쪽 하늘만 알고 있는, 절대로 질리지 않는 그 색채의 유희 속에서 태양이 지는 것을 천창을 통해 10분, 15분 동안 바라보았다. (네게 10년 전이나 그 이상이나, 20년 전에 중요했던 많은 것들이 오늘날에는 더 이상 흥미롭지 않은 것처럼) 오늘도 여전히 내겐 중요한 그것이 더 이상 상관없이 되거나 의미없이 될지도 모르지만, 일몰은 나를 질리게 하지 않을 것이라는 사실, 이런 생각은 내게 작은 위안이 되었다. 어쨌듯 그날, 새빨갛고 둥근 태양이 자신의 가장 바깥 가장자리로 밀리밀터까지 다가온 듯 보이는 지구의 가장 바깥 가장자리를 건드렸을 때, 그것은 아주 멀고 낯설고 다가갈 수 없는 별이었다. 나는 일찍이 인간이 태양을 어떻게 시로 지을 수 있었는지, 더 적게는 "사랑스러운 석양이여 / 너는 너무나 아름답구나."[51]라며 시를 지을 수 있었는지 이해할 수 없었다. 50년 전 할머니가 당신의 부엌에서 이 노래를 부르는 것을 들었다. 이 별을 보자 아무런 이유도 없이 나는 더욱 강해져서, 그날 저녁에 우리는 세계 속에 혼자라는 확신이, 그렇게 높이 혹은 그렇게 멀리 우리의 로켓타워들을 쏘아올리고 다른 기상관측기구를 내보낸다고 해도, 그 어떤 인간적인 신호도 우리에게 대답하지 않을 것이라는 확신이 들었다. 또 우주선들 안에 한 쌍의 인간 이미지를 담은 이 우주포스터 ― 남자가 평화의 인사를 하기 위해 손을 들고 있다 ― 를 다른 별들에 사는 인간과 유사한 존재에게 메신저로 보내는 이유가 대체 무엇일까 생각했다. 그들이 발

---

51 아나 바르바라 우르너(Anna Barbara Urner)의 「해에게An die Sonne」,(1788)의 시에, 1815년 한스 게오르크 내겔리(Hans Georg Nägeli)가 작곡. 본래의 시에는 "황금빛 석양이여 Goldne Abendsonne/ 너는 너무나 아름답구나 wie bist du so schön"인데 작가는 "Holde Abendsonne/wie bist du so schön"으로 썼다.

명하고 생산한 우주선들이 이웃의 집으로 가서 그들을 꾀어내어 인간적인 신호, 미소를 끌어낼 수 없다면 말이다.

　　　　뇌손상이 언어중추를 훼손하면, 뇌의 다른 부분들이 이 특정 기능을 떠맡지 않는 한, 성격의 나머지 부분 역시 교란될 것이다. 이런 문장들을 우리는 이제 솔직하고 자유롭게 생각할 수 있다, 동생아, 안 그러니. 네가 살아 있다는 것을, 우리가 아는 그대로라는 것을 안 이후, 생각할 수 있는 문장의 수와 종류가 시간이 갈수록 늘어나고 있다. '감소되었어'라고 네가 말하는 것이 들리는데 그게 대체 무슨 뜻이니. 뇌하수체의 신호에 따라 부신(副腎)이 담당해야할 스트레스 조절 능력이 감소되었다는 말이니. 신호가 멈추니 부신이 작동하지 않고, 호르몬이 부족하여, 일정 수위를 넘는 스트레스 상황이 조절되지 않는다는 말이지. 이 수위는 네가 하루에 5시간 집중해서 일하는 것을 허용한다. 누가 그런 일을 할 수 있겠어! 우리의 요구가 너무 높거나 잘못 판단한 것은 아닐까. 어쩌면 너의 학습 과제는 긴장을 푸는 것, 걷는 것, 회복하는 것, 애쓰지 않고 즐기는 것이 아닐까? 그리고 끊임없이 새로운 시도로 네 신경체계의 그 영역을 호되게 몰아치지 않는 것, 그게 아닐까? 어쩌면 병의 도움을 받아 그 영역을 조금이라도 보호할 생각이 들게 하는 그런 영역을 말이야.

　하지만 그건 삶이 아니야.
　그렇지?
　매일 집중적으로 8시간 일하지 않는 삶은 삶이 아니야. 성과가 더 이상 보장되지 않는 경우, "신체장애자"와 같은 말이 튀어나온다. 언어는 재빨리 그런 개념을 제공하며 애매한 감정을 고정시킨다. 이제 한 번 말해지고 내뱉고 나면 특정 단어들에서 어떻게 다시 벗어날 수 있을까? 그것이 너한테 지금까지 아무 문제도 되지 않았다면, 동생아 ─ 이제는 그것이 문제가 될 거다. 내가 재차 네게 강조하듯이, 너의 경험영역은 어떤 의미에서 또한 확장된다. 원치 않는 영역들로의 확장일 수도 있다. 지금 너의 일은 원치 않는 경험들을 받아들이고, 결국 가능하면 원하는 경험으로 만드는 것일지도 모른다…

하지만 사실 이건 너무 많은 것을 요구한다.

편지들을 우체통에 넣으러 가는 동안 갑자기 깨달았다. 용납할 수 없는 요구들은 대부분 살아보지 못한 삶의 영역에서 놓친 것들과 연결되는 것 같다. 그런데 이 빈틈은 나중에 살아보는 것으로 쉽게 채워질 수 없다. 지나간 것은 지나간 것이다. 우리는 나이가 들면 들수록 시간의 무자비함을 존중하고 두려워하게 되지. 사람들은 하지 않은 일들에 대해 변명하며 머리를 쥐어짠다. 나는 그 대신에 일도 하고 글을 썼다는 식으로. 하지만 소용없다. 누락은 부채로 청구되지만 배상될 수 없다 ─

　　　　　　이제 우리는 우리의 맹점에 가까이, 아주 가까이 다가간다. ─ 그것이 원래 절대로 필요한 것이었을까, 인간의 눈의 구조에 맹점을 주는 것 외에는 다른 해결책은 없었는가? 시신경이 뇌로 들어가는 망막의 그 작은 점을 주는 것 외에는? 우리의 다른 눈이 인식의 이 미세한 공백을 메워준다는 주장은 성급한 위안일까. 그런데 누가 혹은 무엇이 그 인식의 미세한 공백을 메워줄 것인가. 이 세상에서 자신을 확립하려는 특유의 방식이 불가피하게 만들어내는 인식의 공백을. 어디서 위안을 얻을 것인가?

형제애, 이제야 제대로 된 말이 나왔구나. 형제처럼 연결된, 형제처럼 뭉친, 형제의 전투 인사. 형제간의 격전을 우리는 더 이상 알고 싶지 않다. 어린이 방에서 벌인 우리의 소리없는 무자비한 싸움들. 큰누나가 남동생의 팔을 비틀어 접질리게 한다. 한 어머니의 자식들이 서로 진심으로 사랑하지 않는다는 사실은 말로 표현할 수 없는 수치다. 동생의 팔이 굳어 뻣뻣한 채 있다면, 그것은 너의 잘못이다. 원죄. 형제와 자매에게만 행해질 수 있는 원초적인 범죄. 싸움은 애초에 부모의 사랑을 얻기 위해 시작되는데, 부모는 더없이 견고한 터부 뒤로 물러난다. 뻣뻣하게 굳지 않은 형제의 팔 덕분에 무한한 감사를 느낀다. 이번에는 아직 경고에 머문다. 우리는 이 경고를 명심해야만 한다. 편안한 마음으로 경고를 명심하자. 형제와의 끈질기고 격렬한 싸움들로 이끌었던 열정들은 우리 내면의 분화구로 쏟아져 들어간다, 그건 감당할 수 없는 방사능 같은 감정들을 영구히 묻기 위해 오래전에 형성되었지. 그걸 끊임없이 주시하는 것이 무슨 소용이 있겠는가.

맹점.

암흑의 심장.

좋게 들리지만 뭔가 내 마음속에는 만족스럽지 못하다. 나는 생각했다, 맹점의 위치를 정해야만 한다면, 특히 나한테 맹점이 뇌 속 어디에 있을까. 언어. 말하기, 쓰기, 발음하기. 최고의 쾌락 중추는 그 가장 어두운 지점과 맞닿아 있는 것이 아닐까? 분화구 옆의 정상처럼?

언어. 말하기. 그것은 생각해 볼 만한 가치가 있다. 내 의식의 흐릿한 가장자리에서 흥분된 반짝임을 느낀다. 어떤 특별한 생물학적 종이 언젠가 말하기를 시작하게 되었다면, 그 종은 더 이상 말하기를 포기할 수가 없다. 언어는 그저 시험 삼아 임시로 받아들일 수 있는 그런 재능이 아니다. 언어는 우리의 수많은 동물적 본능을 몰아낸다. 우리는 그 본능에 더 이상 ― 절대 더 이상! ― 의지할 수 없다. 우리는 최종적으로 동물 영역에서 떨어져 나왔다. 원시적인 반사 신경 능력을 지니고 세상에 태어난 젖먹이는 자신을 정상적으로, 다시 말해 인간으로 발달하기 위해 몇 주 안에 이것을 버려야 한다. 신피질의 전두엽이 통제권을 잡는다. 문화는 전두엽의 생산품이다. 언어는 전달의 수단이며 전제 조건이다.

그런데 무엇이 나를 불안하게 할까? 그것은 불신, 자기 의심이다. 평균 이상으로 언어에 민감한 나의 뇌는 바로 이 매체를 거쳐 이 문화의 가치관에 프로그램화된 것이 분명하다. 내 입에서 근본적인 답이 나오게 할 질문을 던지는 일은 나한테 아마 절대적으로 불가능할 것이다. 언어라는 빛은 언어 이전 시기의 여명 속에 있을지도 모르는 내 내면 세계의 모든 영역을 어둠 속으로 내쫓았다. 나는 기억하지 못한다. 어느 곳에서 아니 많은 곳에서 우리는 야만적인 것을 길들이기 위해 만들어진 문화 안으로 그 야만, 어리석음, 동물성을 집어넣어야만 했다. 우리 안에 있는 파충류가 꼬리를 친다. 우리 안의 야생동물은 울부짖는다. 우리는 일그러진 얼굴로 형제에게 달려들고 그를 죽인다. 그런 뒤 우리는 우리의 머리에서 뇌를 잡아 뜯어내어 야만의 지점을 찾고 싶어한다. 그것을 불태워 없애버리기 위해서이다. 우리의 뇌가 이글대며 타는 탓에 우리는 살인의 광란을 벌인다.

일어서기. 이리저리 돌아다니기. 부엌으로 가기. 뭔가 손으로 하기. 빵 자르기. 채소 다지기. 부엌 한가운데 서 있기, 팔 휘젓기, 풍차 날개처럼 양팔 돌리기. 껑충 뛰기. 누군가 밖에서 내 이름을 부른다. 어부의 아내인 움브라이트 부인이 긴 꾸러미를 들고 문 앞에 서 있다. 장어 좋아하세요? 어서 들어오세요!("생선, 방사능 저장소!") 우리는 잠깐 부엌에 앉았다. 나는 장어를 시큼하게 졸이는 방법을 아주 정확하게 알게 되었다. 움브라이트 부인은 5년 전 지하실 뚜껑문에서 떨어졌던 이야기를 아직 내게 해주지 않아서 아주 좋아했다. 지하실에서 기분이 어땠는지 그녀는 아직도 매우 잘 알고 있었다. 그런 뒤, 1년 동안 입원! 수술은 다섯 번! 그제야 나는 그녀에게서 가끔 보이는 위태로운 걸음걸이가 이해되었다. 하지만 그녀가 생선을 싫어하면서 어떻게 어부와 결혼했는지는 아직도 이해가 되지 않았다. 그래. 사랑이 어디로 떨어질지 누가 알겠나. 하지만 그녀는 늘 남편에게 그가 잡아 온 생선을 요리해 주었다. 그래서 그는 한 번도 불평할 수 없었으며 그의 입맛에도 맞았으니 이의가 없었다. 다만 어떤 생선의 경우에는 소스 맛조차 느낄 수 없었고, 사냥한 짐승의 경우도 마찬가지였다. 그것은 그저 편견이었다.

 움브라이트 부인이 가고 난 뒤 장어를 토막 내기 시작했다. 장어는 칼로 건드릴 때마다 격하게 움찔거렸다. 머리가 잘리고 껍질이 벗겨진 장어 토막 하나가 내 앞의 탁자에서 뛰어오르더니 타일 바닥에서 그로테스크한 춤을 추었다. 나는 등줄기에서부터 모근까지 소름이 쭉 돋았다. 나는 크게 소리쳤다. 이건 그냥 신경 반응일 뿐이야! 그러고는 행주를 집어 장어를 꽉 싸잡고 토막을 냈다. 그런 뒤 나는 앙다문 내 턱을 겨우 벌렸다. 움브라이트 부인의 지시에 따라 너무 시지 않을까 싶을 정도로 식초를 끓는 물에 붓고 양파, 월계수 잎, 통후추, 소금을 잔뜩 넣었다. 그런 뒤 장어가 식도록 도자기 그릇에 담았다. 생선과 식초에서 나오는 냄새가 부엌에 꽉 찼다.

 냉장고에서 저녁으로 먹을 것을 꺼내 쟁반에 담아서, 여전히 아주 추운 복도와 날짜 달력이 걸린 마루를 지나 큰 방으로 갔다. 초록빛 어스름이 깔린 마루를 지나는 걸음이, 날짜를 향하는 이 눈길이, 내 내면에 어떤 감정들을 불러일으켰는지 나는 절대로 완벽하게 표현할 수가 없을 것이다. 동생아, 점점 더 정확하게,

점점 더 알아볼 수 있게, 점점 더 명명백백하게 자신을 표현할 수 있는 일에 온 힘을 쏟는 것이 가치 있는 것일까? 이따금 나는 이런 수사학적 질문을 부끄러워하지 않는다. 특히 내가 위험을 무릅쓰지 않을 때 더욱 그렇다. 왜냐하면 네가 항상 그런 질문에 확실하게 응답했고, 앞으로도 계속 그럴 것이니까, 너는 어린 시절의 그 완고함을 다시 노골적으로 드러낼 거고, 필요하다면 네게는 낯선 나의 강박관념을 나 자신을 위해서 방어할 거다. 너는 있는 그대로 나를 받아들이는 소수의 사람 중 하나이다.

(내가 여기서 여전히 이야기하는 바로 그날 이후, 거의 5개월 뒤에 누군가가 나한테 몇 주 전에 간과한 신문의 짤막한 기사를 알려주었다. 유명한 한 젊은 과학자가 리버모어에 있는 핵무기 연구 센터와의 계약을 해지한 뒤 센터를 떠났다는 기사였다. 그 신문을 더 이상 찾을 수 없었다. 나는 흥분해서 편집국에 전화를 걸었고, 여성 편집자가 그 기사를 기억하기는 했는데, 그 과학자의 이름을 기억하지 못하지만 조사해 보겠다고 약속했다. 다음날 내가 감히 기대하지 않은 그 이름을 전화로 알려줬는데, 그 남자의 이름은 페터 하겔슈타인이었다. 그럴 리가 없어요! 라고 내가 말했다. 아뇨, 아뇨, 여기 적혀 있어요, 젊은 편집자가 말한다. 그녀는 나의 과잉반응에 놀란 게 분명했다. 한 사람이 그것을 해냈다. 아무것도 영구적이지 않다. 나는 현대판 파우스트의 운명과 결단에 대해 다시 깊이 생각해 봐야만 한다.)

다시 전화. 큰딸의 목소리는 지쳐 보였지만, 그래도 나는 그

애에게 질문을 퍼부었다. 우리의 맹점은 무엇이라고 생각하니? ─ 아, 엄마! ─ 나는 딸의 대답에서 "인생의 거짓"이라는 단어가 왜 나오지 않는지 물어봤다. ─ 꼭 그렇지는 않아요, 딸이 대답했다. 그 애는 그건 우리 영혼의 한 부분이라고 말했다, 바라보는 것이 너무 고통스러워 영원히 어둠 속에 남아있는 우리 인식의 영역이라고 했다. ─ 일종의 자기방어라고 내가 말하자, 그녀는 이런 의혹이 진실임을 입증했다. 우리 자신에 대한 통찰과 외부의 공격으로부터 획득된 보호장치예요. ─ 그럼에도 불구하고 우리의 맹점을 파고 들어가려는 시도를 해야만 하는지. ─ 엄마의 직업에서요? 그 애가 물었다. 무조건이죠. 하지만 혼자서는 그것을 할 수 없다고 했다. ─ 나는 딸과 이야기를 계속하면서, 내가 그 나이였을 때 나의 절대적 신념과 그녀의 절대적 신념을 비교했고, 혹시 딸애가 나의 젊은 시절의 절대적 신념을 믿을 수 있는지 생각해 봤다. 한편 우리의 방어를 해체하는 실험의 한계는 어디쯤인지 물어보자, 그 애는 예상대로 대답했다. 진지하게 그것을 시작했다면 어떤 경계도 어떤 멈춤도 없다고 했다. ─ 우울증은? 내가 말했다. 자살의 위험은? ─ 그러면 그저 방어 형태로만 나타날 것이에요, 고통스럽겠지만, 여전히 자신의 부족함을 구체적으로 인지하는 것보다 견디기 더 쉬울 거다. 그렇지만 일단 그것들을 허용하면 우울증적 압박은 점차 사라지고 행동할 용기가 자랄 것이다. 사실 고통스럽지만 흥미진진한 과정이라고 했다. ─ 아, 딸아, 네 말이 맞았으면 좋겠다. 내가 말했다.

— 큰딸이 말했다. 보세요, 이제 엄마는 다시 방어를 작동하시네요. 나는 관용을 구한다는 것, 그 자체가 하나의 방어에 불과하다는 사실을 강하게 의식해서, 딸의 주장을 논박해야만 했다. 그리고 가능한 빨리 딸의 주의를 모든 문화의 방어 메카니즘으로 돌렸다. 딸은 이렇게 말했다. 자신은 여기에 대해서 책임이 없다, 하지만 가능한 한 문화의 많은 구성원이 두려워하지 않고 자신의 진리를 피하지 않을 수 있다면, 그것은 문화 전체에 있어서는 기회가 아닐까? 외부의 적에게 위협을 부과하지 않고, 위협이 본래 있는 곳에 즉 자신의 내면에 위협을 그냥 두는 것은 무슨 뜻일까? — 이것은 모든 유토피아 중에서도 가장 유토피아적인 것이 아닐까? 하고 나는 딸이 아니라 나 자신에게 이렇게 물었다.

우리가 두려움의 경험에 대해 얘기를 주고받는 동안에 (두려움의 대상에 의해 세대들이 더 확실히 구분되지 않을까?) 손녀딸이 전화를 받았다. 네, 다 오케이예요. 그 애가 말했다. 그러면서 나보고 '프린츠'[52]를 아냐고 했다. 강아지냐? 나는 경솔하게 물었고 바로 그 순간, 다시 깊이를 알 수 없는 내 심각한 무지가 드러났다는 것을 알아차렸다. 전화 다른 편에서 격렬한 반응이 가라앉은 뒤에, '프린스'는 록 가수이며, 손녀딸의 새 남자친구와 닮았다고 했다. — 반대가 맞겠지라고 말했지만 손녀딸은 건성으

---

52 프린츠(Prinz): 독일어로 '왕자', 미국 가수 Prince(1958-2016)를 독일식으로 부른 것.

로 들었다. 그 애는 지난 주에 디스코에서 새 남자친구 마이크를 만났는데 귀엽다고 했다. 금발이야 아니면 검은 머리야? 내가 물었다. 당연히 검은 머리죠. 금발은 절대 생각할 수도 없어요. ― '절대'라는 말은 절대하면 안 된다고 내가 말했고, 내 안에서 내 어머니가 말하는 소리가 들렸다. 어머니가 서 있는 것이 보였고, 그녀의 손녀 즉 내 딸과 전화하는 소리를 들었다. 그렇지만 얘야, 그 모든 게 조금 이른 건 아닐까! ― 나는 이 말을 내 손녀딸에게 하지는 않았다. 그 대신 여러 교사에 대한 그녀의 감정 섞인 평가에 귀를 기울이며, 계속 손녀와 교사들 사이를 이해하려고 노력했지만, 손녀는 정의감이 필요 없었고, 자신의 좋고 싫어함이 분명하다는 것만으로 아주 만족했다.

    딸이 다시 전화를 넘겨받자 나는 이렇게 말할 수밖에 없었다. 세상에, 이젠 모든 게 1, 2년은 더 빨라지는 것 같지 않니? ― 애들이 서두르고 있어요, 딸이 대답했다. 왜 그러는지, 어쩌면 그들 안의 뭔가가 이유를 알 거예요. ― 힘들지 않니? 내가 묻자, 가끔은 그래요, 라고 딸이 대답했다. 그러자 나는 그녀에게 한 세대 전체가 지나야 완전히 효과를 보는 균형 잡힌 정의에 대해 말했다. 그런 다음에는 손자에 대해 물어봤다. 요즘에 딸이 손자를 집에 잡아 둘 수 있는지. ― 불가능하죠. 딸이 대답했다. 손자는 온종일 자전거를 타고 신나게 밖을 돌아다닌다고 했다. 하지만 늘 꼼꼼하게 샤워를 시켰고, 비가 올 때는 집 안에만 있게 했단다. 게다가 그 애는 존재의 근본 문제들에 대해 막 집중하고 있다고 했다. 예를 들면 오늘 그 애는 화장실에 앉은 채 문 사이로 자기 아빠에게 이렇게 물어봤다고 한다. 아빠, 저 커다란 화장실 문이 대체 어떻게 내 작은 눈으로 들어오는 거예요? ─ 세상에! 내가 말했다. 그래서? ─ 당연히 애 아빠는 아들한테 정확한 그림을 그려줬어요. 화장실 문, 내부에서 광선이 교차하는 눈, 시신경에서 뇌의 시각중추로 향하는 경로를요. 그리고 뇌가 하는 일은 수용자의 의식 안에서 아주 작은 이미지를 다시 정상적인 화장실 문의 크기로 만드는 것이라고 알려줬어요. ─ 그래서? 그 애가 만족하든? ─ 엄마는 그 애를 잘 아시잖아요. 아세요, 그 애가 뭐라고 했는지? 이렇게 말했어요. 내 뇌가 화장실 문을 진짜 크기로 보여준다는 걸 내가 어떻게 믿을 수 있어요? ─ 이것 참. 나는 잠시 뜸을 들인 뒤에 대답했다. 너 말이야, 그걸 어떻게 확신할 수 있어? ─ 엄마, 이제 그만하세요! 큰딸이 나한테 훈계했다. 그리고 우리는 바로 지금, 긴 겨울 뒤 이제서야 구입할 수 있는 푸른 채소를 먹지 않는 것이 딸네 가족한테 얼마나 어려운 일인지에 대해 더 이야기했다. 동생아, 그리고 우리는 너에 대해서도 이야기했다. 그리고 나는 수술이 끝난 지금, 딸이 전보다 더 분명하게 자신의 전문지식에 근거해서 우려를 표현한다는 것을 알았다. 이런 식의 배려를 기꺼이 거절할 수 있었겠지만, 나는 그런 충동을 억누르고 배려의 중심이 언제 아이들에게서 부모에게로 옮겨 갔는지 지나가는 말로 물어봤다. 이것에 대해 나는 한 번 더 반발하고 싶었다. 예전에 우리가 함께 가졌던 믿음 ─ 말해진 것은 극복된 것이다 ─ 에 여전히 매달려 있는지, 아니면 그 사이 미신으로 여기는지 딸한테 직접적으로 물어봤다. 딸은 여기에 대답하지는 않았지만, 우리는 이 문제에 절대 똑같은 믿음을 가질 수는 없을 것이라는 생각이 저절로 들었다. 나는 딸이 이런 종류의 질문을 넘어섰으며, 그녀의 새로운 통찰로 나를 놀라게 하고 싶지 않았다는 것을 이해했다. 아마도 딸은 내가 그 질문을 진심으로 받아들일 수 있을 거라고 믿지 않았을 것이다. 나는 고통스러운 충격과 함께 다시 한 세대만큼 앞으로 나아갔다. 화석이 된 듯한 몸의 감각이 내 안에서 계속 퍼져갔다, 내 안의 착하고 늙은 도마뱀이 즐거워하며 꼬리를 쳤다, 아니면 돌고래 종류 같은 것이었을까. 왜냐하면 저녁 무렵 포도주의 첫 모금을 마실 때 ─ 동생아, 너를 위하여! 너의 건강을 위하여! ─ 나는 거의 모든 종류의 떠오르는 생각에 몸을 맡겼기 때문이다. 가끔 거의 사악한 홀가분함, 좋은 기분, 나의 자아검열이 사라지는 것도 느낀다. 그래서 나는 그 유쾌함과 함께 판타지에 몸을 맡겼다. 돌고래 ─ 동생아, 돌고래는 영리한 동물이야, 그 뇌의 용량은 몸무게에 비례했을 때 우리와 그리 큰 차이가 나지 않아 ─ 는 아득한 선사시대에 아마 그들에게도 제공된 언어의 재능을 충분히 생각한 뒤에 거절했을지도 모른다. 자신들의 초음파 영역에서의 휘파람 소통을, 유희적 존재를, 친밀한 행동을 보존하려고 말이다. 왜냐하면(그날 저녁에 억제력이 저하된 상태에서 이렇게 깨달았기 때문이다. 캠핑 테이블에 저녁 식사 쟁반을 올리고 가장 편안한 안락의자 앞으로 끌어다 놓고, 텔레비전 프로그램을 이리저리 돌려 보는 중에), 왜냐하면 우리는 아무리 발버둥 쳐도, 물구나무를 서도 마찬가지이다. 친절하기, 그것은 할 수 없기 때문이다. 우리는 거짓 신들의 선물을 받은 것이다. 그리고 우리 모두, 우리 각자는 잘못된 접시에서 잘못된 음식을 함께 먹은 것이다.

하지만 대체 그게 무슨 의미란 말인가, 어떤 표현 또는 가장 완벽한 표현이 뭘 의미한단 말인가, 이미 아주 많이 말해졌고 쓰였다. 말에 대한 역겨움의 경계는 점점 촘촘해진다. 그런 일이 가능할 거라고 나는 생각지도 못했다, 동생아, 우선 너한테만 말한다, 늙어간다는 것은 네가 가능할 거라고 생각지도 못했던 모든 일이 일어난다는 것을 의미한다. 처음에는 단어들이, 그다음에는 나의 말이 나를 역겹게 만들지도 모른다는 것을 내가 어떻게 예견할 수 있었겠는가. 그리고 이런 급변은 얼마나 순식간에 자기혐오로 갈 수 있는지, 나는 이것 역시 생각지도 못했을 것이다. 나이가 들어가면서 새로운 것을 더 이상 경험하지 못한다는 말은 사실이 아니다. 일찍 떠난 자는, 가끔 저항이 아주 강력하게 그를 엄습한다고 해도, 단지 전초전을 통과한 것뿐이다, 이제야 비로소 내성(內城) 앞에 서 있으면서, 그의 가장 어둡고 가장 진실한 시간 속에서, 그는 자신의 고유의 모습을 본다. 그때 그는 공포나 두려움에 대해서 더 이상 말할 수 없다. 그때 사실 아무것도 말할 수 없게 된다. 태풍의 눈 속에는 바람이 불지 않듯이 그렇게 고요하기 때문이다(조용한 게 아니라 고요하다, 아무 소리가 없다). 플러스극과 마이너스극이 겹친다. '부끄러움'도 멋지고 오래된 단어일 수 있다. 부끄러움을 통해 새로워질 수 있던 사람들이 얼마나 부러운지. 그들에게는 고백을 통한 정화가 허락된다. 하지만 새로워짐과 정화는 더 이상 가능하지 않다. 완전한 붕괴와, 그 이후의 시간에 대한 어떤 약속도, 확신도 없다는 것을 의미한다. 오직 보상은 없다는 확신만 있을 뿐이다. 저항의 잔재가 묻는다. 글쓰기 욕구와 파괴가 반드시 서로 연결되어 있는가. 글쓰는 자 주변의 파괴의 영역, 나는 얼마나 자주 그것을 관찰하고 두려워했는지, 가끔은 그것 주변을 우회해서 갈 수는 있었지만 항상 피할 수는 없었다. 왜냐하면 이것은 글쓰기의 본질, 악덕의 핵심에 놓인 듯하다. 글쓰기가 배려를 모른다는 사실, 영향을 끼친다고 수없이 언급된 글쓰기 과정은 긍정적인 의미에서 항상 사람들을, 즉 묘사를 통해 영향받는 사람들을 함께 끌어들이기 때문이다. 서술의 당사자가 된 개인들 역시 관찰당하고 비판당하고 분류되고, 오해되고, 보다 나쁜 경우에는 배신당하며, 성공적인 표현을 위해 항상 거리가 두어진다고 느낀다. 이에 반해서 나는 침묵이라는 방법밖에 모르는데, 이는 악을 외부에서 내부로 이전시키는 것이고 그러면 타인보다 자신을 덜 보호하게 되며 다시금 자기기만이 된다.

 원이 닫히 듯이 고양이가 자기 꼬리를 물었다, 가슴이 답답해졌다, 그때 나의 멋진 기억력 덕택에 가끔은 나와 연합하기도 하여 시 몇 행이 떠올랐는데, 옛 시인의 시 두 행이었다. 고리를 부수기 위해서는 한 글자만 바꾸면 되었다.

너는 사과하지 말아라,
어쩌다 그리 됐는지 그저 말만 하라!

아 그래. 좋았던 옛 19세기. '나' 혹은 '너'[53] — 글자 하나에 모든 차이가 달려있다. 거기서 나는 언어를 다시 즐길 수 있다고 생각했다, 아니 즐겨야만 한다. 너는 어쩌다 그리 됐는지 그저 말만 하라. '그저'라는 단어를 나는 아주 즐겼다.

그날 저녁 그들은 여러 텔레비전 채널에서 처음으로 손상된 원자로의 윤곽을 보여주었다. 시간이 경과하면 버섯구름의 상징처럼 우리에게 각인될 구조도였다. 그들은 신사들을 카메라 앞에 앉혔는데, 그들의 잘 재단된 회색 또는 회청색 양복, 그 옷에 어울리는 넥타이, 또 거기에 어울리는 머리모양, 사려 깊은 단어 선택과 완전히 관공서식으로 증명된 앉음새만으로도 위안이 되는

---

53 프리드리히 헤벨(Friedrich Hebbel, 1813~1863)의 작품 『기게스와 그의 반지Gyges und sein Ring』(1854) 중의 구절. "Du sollst mich nicht entschuldigen, Du sollst nur sagen, wie es kam!"(너는 나를 납득시키지 마라. 어쩌다 그리 됐느니 그저 말만 하라!)를 작가는 Du sollst dich nicht entschuldigen.(너는 사과하지 마라)으로 바꾸어 사용했다. entschuldigen 이라는 동사는 '용서하다, 납득시키다'라는 뜻인데, 재귀대명사와 결합할 경우는 '사과하다'의 뜻이 된다.

효과를 방송했다. 이 신사들은 더 젊고 수염을 기르고 스웨터를 입은 몇몇 사람들과는 정반대였다. 이 젊은이들은 흥분된 말, 격렬한 몸짓 때문에 이들이 마이크를 위법적으로 정복하고 있는 것은 아닐까 하는 의심을 일깨웠다. 나는 두 나라의 사람들을 생각해 봐야만 했다. 저녁에 텔레비전 화면에 눈길을 모으고 있는 양쪽 나라에 살고 있는 근면하고 조용한 사람들을. 이들은 스웨터를 입은 사람들의 말보다 맞춤정장과 신중한 의견과 신중한 행동을 하는 사람들의 말을 더 경청할 것이 분명했다. 그들은 하루 일과 후에 나처럼 저녁에 안락의자에 앉아 맥주 ― 나는 포도주지만 뭐 상관없다 ― 를 마시고 싶을 것이다. 그리고 그들은 자신들을 기쁘게 할 뭔가가 상영되는 것을 보고 싶어할 것이다. 그것은 복잡한 살인사건일 수도 있지만 그렇다고 그들에게 너무 큰 걱정거리가 돼서는 안 된다. 그것이 우리가 배워 익힌 정상적인 행동이기 때문이다. 따라서 지금 와서 그것이 우리를 죽이는 데 한몫 거든다는 이유로 그들을 이런 행동 때문에 비난하는 것은 옳지 않을 것이다. 나 역시 이런 정상 행동에 강력한 애착을 느꼈다. 나의 포도주는 잘 냉장되었고 잔을 불빛에 비추니 녹색빛이 돌며 반짝였다. 나는 내 안락의자에서, 이 방 안에서, 이 낡은 집에서 편안한 기분이 들었다. 그리고 너, 동생아, 너도 건강해질 것이니, 다른 수 많은 문제들도 유리한 해결책을 찾지 않겠는가. 그래서 나는 모든 것이 한동안 원래대로 유지될 것 같다고 느꼈고, 이런 비밀스러운 희망을 품고 텔레비전에 나온 신사들의 말에도 귀를 기울였다. 어떤 채널에서 그들은 구름을 상세하게 다루었다. 구름은 이제 일명 지저분한 아이처럼, 벌써 약간은 우리의 거대한 텔레비전 가족에 속했다. 내가 그들을 제대로 이해했다면, 우리의 구름은 언젠가 분명 분리되거나 아니면 하나의 궤도에서 저쪽으로 이동하고, 저쪽 궤도에서 다시 원위치로 이동했을 거다. 어쨌든 유럽의 북쪽과 남쪽은 구름의 안타까운 방사능 수치 때문에 비난을 받았다. 하지만 갈아엎은 채소의 비용을 누가 농부들에게 지불할 것인지 아무도 말해줄 수 없자 카메라 앞에서 아주 거칠게 욕하는 농부들을 나는 도울 수 없었다. 그들의 돈 문제는 그들의 문제였다. 반대로 나의 문제는, 지금과 같은 비상사태에서, 우리가 정말 북유럽에 속한 것인지, 아니면 엄밀히 말해 중부유럽에 속하는지 생각해 보는 것이었다. 보통은 경솔하게 사실은 허영심에서 북유럽에 속한다고 했다. 그 사이 정장을 입은 신사들이 원자로 사고를 배제할 수 있는 모든 안전 요소들을 열거했다. 그리고 그들은 자신과 우리에게 다시 한번 일명 평화적 원자력 이용이 필수불가결한 이유 ― 그들의 용어였다 ― 를 언급했다. 만일 그들 중 한 명이 곧바로 어떤 논거를 대지 못하면, 다른 사람이 그를 거들어 주었다. 마치 좋은 수업시간 같았다. 나는 그들의 말을 아주 집중해서 경청하다보니, 몇 분 뒤에는 이제 내 쪽에서 그들보다 앞서 말을 할 수 있을 정도가 되었다. 시험삼아 그렇게 해봤는데 거의 늘 맞았다. 하지만 신숭하고 태연한 분위기를 확산시키려 애썼던 진행자가 이제 자신이 안전하다고 판단한 듯, 두 신사 중 한 명에게 이런 확언을 요구했다. 이 첨단 과학기술 분야에서 해당 시설의 안전에 대해 완전 무결한 예측을 할 수 있는지. 당연하지! 라고 나는 질문 받은 사람을 대신해 대답하고 싶었지만, 그때 나는 너무 성급했다. 왜냐하면 이제 진행자와 나는 고통스러운 놀람을 경험해야 했기 때문이다. 그토록 협조적인 그 신사가 이 주장에 대해서 확언을 피했기 때문이다. 이런 상황에서 우리는 그가 이렇게 말하는 것을 들었다. 완전무결한 예측 ― 그것은 이렇게 새로운 기술분야에서는 절대 있을 수 없습니다. 그래서 신기술의 발전에는 늘 그렇듯, 이 기술을 완벽하게 지배할 때까지 어느 정도 위험을 고려해야만 합니다. 이것은 원자력의 평화로운 사용에도 적용되는 법칙입니다.

이제 나는 냉정해져야 했을까. 이제 놀라거나 흥분했어야 했을까. 하지만 아무것도 느껴지지 않았다. 나는 그들이 알고 있을 거라는 것을 알았다. 다만 그들이 그것을 말할 것이라는 것, 설령 한 번뿐이라도 ― 이것을 나는 예상하지 않았다. 한 통의 편지 내용이 내 머리를 스쳐 갔다. 간곡하게, 아니 다른 방법이라도 누군가에게 알려주어야만 했다, 즉 원자력 기술의 위험은 거의 그 어떤 위험과도 비교할 수 없으며, 아주 최소한의 불확실성 요소만 있어도 이 기술을 무조건 포기해야 한다고. 편지를 보내려고 하는데 실제 주소가 머리에 떠오르지 않았다. 그래서 욕을 몇 마디 내뱉고는 채널을 돌렸다. 텔레비전을 *끄는* 것, 보통 나는 그럴 기운이 없었다, 특히 그날 저녁에는 전혀 그럴 수 없었다. 너는 이것을 '병적 중독'이라고 말해도 된다, 동생아, 그리고 너는 부드럽게 비난하면서 그렇게 말했다. 나는 그것을 부인하지는 않을 거다. 모두에게는 자신의 버튼이 있으니, 쥐들에게 그들의 약점이 있듯이, 누군가에게는 문명의 이기가 파고들 수 있는 자신의 약점이 있다.

나는 이미 본 적이 있는 두 편의 영화 중 하나를 선택했다. 오래된 흑백 영화에서 잉그리드 버그만의 남편 역할을 한 남자배우가 깜빡거리는 가스등과 유사한 원시적 현상들을 이용해 아내를 미치게 만들려고 했다. 다른 영화에서는 이미 은퇴한 늙은 영국 비밀 정보원이 오래된 심리학적 방식들로 자기 본부의 심장에서 적 스파이의 정체를 폭로한다. 세련된 갈색 톤과 베테랑 연기자들이 가득한 영화였다. 나는 계속 버튼을 눌러 각 필름의 대략 절반을 보았다. 이렇게 지속적으로 채널을 돌리는 것이 두뇌 훈련에 좋을지 아니면 집중력을 약화시키는 것인지는, 그날 저녁 나의 소소한 근심이었다. 내가 양 진영의 첩보원들을 능가한다고 느꼈다. 왜냐하면 그들은 자신들의 직업이 끝났다는 것을 몰랐고 오랫동안, 어쩌면 너무 오랫동안 그 사실을 이해하지 못했기 때문이다. 세계 각지의 원자로 한 기, 두 기, 세 기에서 하나, 둘, 셋 방사능 구름이 발생하고, 그러면 정부들은 생존 본능에서 적국에 게조차 자신의 비밀을 제공할 수밖에 없을 것이다. 하지만 나는 어떤 환상도 품지 않았다. 즉 이 작은 방사능 구름이 ─ 적으로서 ─ 적을 무로 용해시킬 능력이 있다는 것을 그 친근한 스파

이들의 고용주들도 이미 파악했으리라는 것을 그리고 그들이 우리에게 단호히 요구했던 포기들 중, 가장 사소하지 않은 포기가 바로 적에 대한 포기라는 것을. 그러나 나는 아주 오랫동안 적의 파괴에 집중했던 인간에게 단순한 자기보존욕구가 정말 온전히 남아 있을 수 있는지 자문해야만 했다.

                나는 한 번 더 전화기 앞으로 갔다. 동생아, 저녁에 간호사 — 지금은 야간 간호사 — 가 올케한테 너에 대해 안심되는 말을 해주었다. 너는 깨어났고 갈증을 느껴서 물을 마셨다고 했다. 너의 갈증을 해소해 준 간호사에게 얼마나 감사한지 모른다. 우리는 서로를 안심시켰고, 이날을 어떻게 보냈는지에 대해 약간 얘기했다. 하지만 네가 상태가 나쁘다고 느끼는 것, 구역질이 난다는 것, 엄청난 고통을 느낀다는 것에 대해서는 말하려 들지도 않았다. 올케한테는 오늘 밤에는 좀 잘 수 있도록 그냥 약을 먹으라고 했다. 여전히 우리는 상상했던 모든 것을 말할 수 없었고 말하고 싶지도 않았다. 우리 내면에서 어떤 영화들이 상이한 버전으로 전개되었는지, 그리고 수술이 잘못될 경우도 말하고 싶지 않았다. 우리는 이 모든 연속된 영상을 우리 뇌의 망각이 일어나는 영역으로 보냈다.

                   나는 텔레비전을 끄고, 현관문을 그다음에는 뒷문을 잠그고, 저녁 먹은 설거지를 끝내고, 소시지는 냉장고에 넣었다. 그러는 중에 개미 행렬을 발견했다. 그것은 냉장고 옆에 바싹 붙어 부엌바닥에서 부엌찬장 쪽으로 움직였다. 그리고 찬장 벽을 수직으로 올라가, 대리석 조리대 위 쟁반 안에 있는 유리 잼 그릇을 향해 정확하게 나아갔다. 이제 드디어 개미들이 어떻게 잼 안으로 들어갔는지를 분명히 알게 되었다. 찬장과 부엌 바닥에서 개미들을 치워야만 해서 그것들을 쓸어냈고 물에 빠뜨리고 발로 밟아 쓸어모았다. 끝없이 줄을 지어 개미가 나오는 썩은 문설주의 아주 작은 구멍을 식초를 적신 솜뭉치로 막았다. 솜뭉치는 며칠은 갈 것이다. 그런 뒤 나는 다행히 제때 물통과 단지들에 물을 채워놓을 생각을 했다. 왜냐하면 내일 아침 펌프장 작업 때문에 몇 시간 단수가 될 것이라고 소비조합이 공고했기 때문이다.

아주 피곤해서 그저 자고 싶었지만, 억지로 매일 저녁처럼 같은 방식으로 목욕했다. 평소보다 머리카락이 많이 빠졌나? 대체 첫 번째 증상이 뭘까? 잠이 들기 위해 몇 쪽을 읽을만한 책 한 권을 찾아야만 했다. 어떤 작가의 얇은 책을 책장에서 꺼낸 것은 아마 피곤했던 탓일 거다. 예전에 꼭 읽으라는 권유를 받았던 작가였는데 나는 바다 이야기를 좋아하지 않아서 아직도 읽지 않았다. 조지프 콘래드[54]의 『어둠의 심장』이었다. 침대에서 처음 몇 초간 홀가분함을 만끽하였고, 내 머리 위의 전등의 위치를 바로

---

54 조지프 콘래드(Joseph Conrad, 1857~1924): 폴란드 출신의 영국 소설가. 『어둠의 심장Heart of Darkness』은 국내에서는 『어둠의 심연』, 『어둠의 핵심』등으로 번역되어 있다.

잡고 거리를 둔 채 첫 장을 읽었다. 그것은 기대했던 대로 배에 대한 것이었다. 템스 강 어귀에 정박해서 밀물을 기다리고 있는 '넬리'라는 이름의 항해용 소형 보트였다. 자 이제. 언젠가 보았던 대로 템스 강 어귀를 눈앞에 그려보았다. 하지만 내면의 영상은 물 위의 석양에 대한 묘사로 인해 곧바로 내쫓겼다. 그 묘사는 내 정신을 또렷하게 만들었다. 그 묘사는 이렇게 시작된다. "낮은 고요한 반짝임 속에 끝난다." 이 문장을 두 번이나 읽었다. 하지만 서술자인 말로가 갑자기 내 얼굴에 대고 문장을 말한다. "그리고 이곳도 이전에는 세상의 어두운 곳 중의 하나였다." 그때 나는 드디어 다시 한번 심장에 그 타격을 느꼈다. 저자가 자기 경험의 심연에서 내게 말할 때만 느꼈던 그 타격을.

그리고 이곳도 이전에는 세상의 어두운 곳 중의 하나였다. 이곳 역시. 그리고 이곳도. 나는 열린 창문으로 들어오는 밤의 소음을 들었다, 나지막한 바람, 잠에 취한 개가 짖는 소리, 올해 처음 듣는 개구리 소리. 긴장되어 깨어 있는 상태에서 책을 계속 읽었고 몇 문장 뒤에 이해했다. 그래, 이 말로는 답을 알고 있다. 그는 모든 것을 벌써 다 보고 이해했다, "우리의 시대" 이전 100년 전에. 그리고 나는 누워서 그의 말에 귀를 기울였다, 놀라고 매혹된 채, 그가 야만에 대해 미지의 대륙 아프리카의 깊은 어둠에 대해, 그곳 거주민의 가슴 속에 있는 비밀들에 대해 이야기하는 것을. 백인 정복자들에게는 이런 비밀로 가는 길이 없었다. "생각해 보라, 우리 중 그 누구도 그렇게 완전히 느낄 수 없을 것이다. 우리를 구하는 것은 실용성이다. 실용성에 대한 헌신…" 상아. 상아, 아주 많은 양을, 어떤 대가를 치르더라도, 그저 생각할 수 있는 그리고 생각할 수 없는 모든 야만적 방법으로 야만인들로부터 빼앗는다. 그곳에서 매를 맞는 늙은 흑인을 누가 잊을 수 있겠는가. 누가 죽음의 숲을 잊겠는가. 엄청난 두려움 때문에 거주민이 떠나버린 그 원주민 마을을 누가 잊겠는가. "암탉들에게 무슨 일이 일어났는지 나도 알 수 없다. 나는 그들이 진보의 문제에 걸려들어 희생양이 되었다고 믿고 싶다." 나는 신음했다. 여러 이유에서였지만, 이 작가에 대한 놀라움도 그 이유 중의 하나였다. 그는 어떻게 답을 알았을까. 그는 어떻게 혼자 있어야 했을까. 그리고 나라면 쇠사슬로 서로 엮인 여섯 명의 흑인과 어떻게 살았을까. "그들은 범죄자라고 불렸고, 깨진 법은 폭발된 파편처럼 이해할 수 없는 신비로 바다 저편에서 그들에게로 왔다." 더 이상 읽을 수가 없었다, 이날 밤은 아니었다. 책장을 넘기면서 몇 개의 문장을 추려냈다. 이런 문장들이 있었다. "진리여, 시간의 옷을 벗은 진리여!" — 나는 내일 계속 읽을 것이고, 아마 어떤 방식으로 그가 그런 영향을 주었는지 살펴볼 것이다. 작가가 "수단", "효과"라는 개념에서 자신을 어떻게 해방시켰는지, 그것이 가장 어려운 점이다. 오늘은 충분하다. 그 사람, 이 작가는 슬픔이 무엇인지 알고 있었다. 그는 생각에서뿐만 아니라 자신도 속했던 그 문화의 맹점 한가운데로 파고들었다. 대담하게 어둠의 심장으로. 그리고 그 빛, 분명 그 자신도 안내했을 게 분명한 그 빛을 그는 "구름 속 번개처럼 평원 위를 떠도는 태양의 흑점"으로 보았을 것이다.

우리는 반짝 빛나는 이 순간 속에 살고 있다 — 지구가 돌아가는 한 그것은 지속될 것이다.

이 사람이 내게 이렇게 말하고 있다. "증오" 혹은 "사랑"과 같은 단어들을 이 작가에게서는 거의 발견하지 못할 것이다, 그렇게 꺼려하였다. "탐욕"은 자주 있었다. 탐욕, 탐욕, 탐욕. —

잠들기 전에 나는 중환자실에 있는 '트로프'[55]라 불리는 장치를 떠올려 보았다. 너는 링거를 맞고 있니, 동생아? 자니? 그때 어떤 목소리가 나의 잠 속으로까지 파고들어 와서는 진짜 왕비가 오리로 변하는 내용의 동화 한 구절을 읽어주었다. 밤중에 주방의 젊은이는 오리 한 마리가 하수 도랑을 헤엄쳐 온 것을 보았다. 오리는 말했다. 왕자야 무엇을 하니, 자고 있니 아니면 깨어 있니…[56]

깊은 밤에 나는 어떤 목소리, 어떤 포효에 깜짝 놀랐다. 목소리는 멀리서부터 들려왔다. 흠잡을 데 없는 괴물아! 꽤 시간이 흐른 뒤에 그 포효가 내게서 나왔다는 것을 알았다. 나는 침대에 앉아서 울었다. 내 얼굴은 눈물범벅이 되었다. 조금 전 꿈속에서 거

---

55 트로프(Tropf): 링거(액) 주사의 혈관 주사 장치.
56 『그림 동화』 중 「숲속의 세 남자」에 나오는 구절.

대하고 가까이 있으며 끔찍하게 붕괴되어 가는 달이 재빨리 지평선 뒤로 넘어갔다. 어두운 밤하늘에 돌아가신 어머니의 커다란 사진이 부착되어 있었다. 나는 소리를 질렀다.

　얼마나 힘들까, 동생아, 이 세상과 헤어지는 것은.

1986년 6월~9월

역자 후기

1986년 4월 26일, 모스크바 기준 시각으로 새벽 01시 23분 45초경. 당시 소련 우크라이나 소비에트 사회주의 공화국 키예프 주 프리피야트 인근에 있던 체르노빌 원자력 발전소 4호기가 폭발했다. 이 사고로 어마어마한 양의 방사성 물질이 대기 중으로 방출되었다. 특히 요오드-131, 세슘-137 같은 방사성 동위원소가 바람을 타고 유럽 전역에 퍼졌다. 스웨덴, 핀란드, 독일, 폴란드, 이탈리아 등지에서 방사능 수치가 급격히 올라갔다. 숲, 강, 토양이 방사능에 오염되었다. 체르노빌 인근의 삼림 지역은 방사능으로 나무들이 말라 죽으면서 붉게 변했고, 오염된 지역에서는 농업, 목축이 수십 년간 제한되었고, 일부 지역은 여전히 인간 거주가 금지되어 있다.

당시 서독과 동독으로 나뉘어 있던 독일은 사고 직후 두 나라 모두 방사능 낙진이 자국에 도달했다는 사실을 확인했다. 독일 남부 바이에른 주 쪽은 방사능 오염이 유독 심했다. 시민들은 비가 올 때 외출을 삼갔고, 어린이들은 놀이터에 나가지 못했다. 채소, 우유, 버섯, 야생동물 고기와 같은 식품의 섭취도 크게 제한되었다. 약국과 슈퍼마켓에서는 방사능 오염 측정기나 방사능 차단제를 찾는 사람들이 몰려들었고, 일종의 '패닉' 분위기가 퍼졌다. 체르노빌 사건은 'Störfall'이었다. Störfall은 일반적으로 사용되는 단어가 아니다. 원자력 발전소 사고와 같이 돌이킬 수 없는 결과를 낳은 사고를 일컫는 말이다. 따라서 원제『Störfall. Nachrichten eines Tages』처럼, 이 책은 그러한 사고의 발생과 그에 관련된 어느 하루의 이야기이다. 서술하는 시점은 "오늘은 예민한 상황을 맞은 지 5일째다."라며 이미 5일 전에 사고가 일어났음을 알려준다. 하지만 작품 후반부에 "내가 여기서 여전히 이야기하는 바로 그날 이후 거의 5개월 뒤에 누가 나한테 신문의 짤막한 기사에 주의를 기울이게 했다."고 표현함으로써, 이 이야기가 그날 이후 5일째 쓰인 것이 아니라, 이후에 "그날"과 그 이후의 5일째 되던 날을 기억하며 이야기를 엮어간다는 것을 알 수 있다.

 소설 속 화자는 두 딸과 손자, 손녀를 가진 작가로서 동독 쪽 북부지방인 메클렌부르크 주에 거주하고 있다. 사고 발생 5일째 되는 날, 그날을 기억하면서 당일 뇌수술을 받으러 수술실에 들어가 있는 동생에게 말을 걸거나 일상을 나열하거나 독백처럼 내면을 서술하면서 이야기가 진행된다. 그날의 사고로 유럽 전역에 방사능 오염이 확산되었다는 소식은 널리 퍼졌고, 공포와 불안 역시 널리 퍼졌다. "그날 하루 종일 '불타는 핵'이라는 단어 조합이 내 머리에서 떠나지 않았다. 지금 우리로부터 2천 킬로미터 떨어진 곳에 있는 사람이 우리의 금지된 소원이라는 불타는 핵을 콘크리트와 모래와 납으로 메우고 있다. 대참사가 재앙이 될 위험이 있는 한 '대참사'라는 단어는 쓰면 안 된다. 너는 기술용어 GAU 즉 '예상 최대 사고'의 모든 가능한 의미를 알고 있을 거라고 생각한다."

이런 상황은 이야기가 전개되면서 차츰 밝혀지는데, 작품은 봄날이 깊어지면서 미래의 일정 시점에 일어날 상황을 설명하는 것으로 시작된다. "어느날, 내가 현재형으로 서술할 수 없는 어떤 날, 벚나무들은 만개했을 것이다." 작가는 문법상 미래완료형을 사용함으로 미래 시점에 완료될 사건을 묘사하는 방법을 사용한다. 아직 벚꽃이 피지는 않았지만, 때가 되면 폭발하듯 벚꽃이 필 터이지만, 이미 엄청난 폭발을 경험하고 두려움에 떨고 있는 현시점에서는 앞으로 그렇게 벚꽃이 만개해도 '폭발'이라는 단어는 사용하지 못할 것이라고 한다. 그 단어가 주는 두려움과 미래에 나타날 결과에 대한 불안이 이미 화자의 내면을 잠식했다.

인류에게 닥친 사고와 화자 개인만이 겪는 사건과 일상 속에서도 자연은 그 일상을 계속하여 화자의 씨 뿌린 밭을 헤집는 이웃의 닭들은 알을 낳고 민들레는 새싹을 내민다. 하지만 화자는 닭들이 더 이상 인간에게 달걀을 뺏길 염려 없이 자신들이 알을 차지할 것이라며, 인간들이 오염된 자연에 두려움을 갖고 있어 달걀조차 쉽게 섭취하지 않을 것임을 암시한다. 자녀가 있는 딸에게는 전화를 걸어 아이들이 밖에서 놀고 오면 목욕이 아닌 샤워를 시킬 것을 권하기도 한다. 목욕할 경우 모공이 열려 방사능 오염 확률이 더 높아질 것을 염려해서다. 딸뿐만 아니라 이 사건에 대한 이웃들의 반응도 나열한다. 2차대전을 겪은 이들은 과거 죽음을 목격하고 공포를 극복한 경험이 있기 때문에 이 사건의 심각성에 민감하게 대응하지 않는다. 그러나 화자는 현대 과학이 인간의 삶에 진보를 가져다주기도 하지만 대응할 수 없는 위험도 초래한다는 것을 알고 있어, 시시각각 사건을 세분화하고 분석하는 라디오의 뉴스에 귀를 기울이고 핵에 관련된 사실들에 촉각을 세운다.

과거에나 현재에나 화자는 원자력 이용을 반대하는 입장이었다. "나는 편지―늘 그렇듯 맹세하면서―에 원자기술의 위험은 거의 그 어떤 위험과도 비교할 수 없으며, 그저 최소한의 불안 요소일 뿐이더라도 이 기술을 무조건 포기해야 한다고 누군가에게 알려주어야만 했다." 그러나 반대하던 과학자들과 화자 자신의 뜻과는 달리 영원한 에너지에 대한 갈망으로 원자력이 일상에 사용되었지만, 불행한 결과가 발생했다. 그 결과로 인해 당장에 알 수 있는 오염뿐만 아니라 그것이 미래에 끼칠 영향이 계산도 되지 않는 상황이었다. 미래를 예측할 수 없는 불안감은 과학기술과 진보에 대한 경고로 남아 있지만, 화자 주변에서 봄을 맞이하여 끊임없이 성장하는 자연을 접하고 또 직접 땅속 깊이 뿌리 박힌 잡초를 제거하면서, 감당이 안 될 정도로 번식하는 풀들과 싸우면서 자연의 자생력에 대한 기대도 저버리지 않고 있다. 인간이 조심스럽게 다루고 접근해야 하는 현대 과학 혹은 진보에 대해서는 아직 두려움과 낯섦을 갖고 있지만, 그래도 인간이 통제할 수 있는 부분에 대해서는 여전히 희망을 걸고 있는 것이다.

이미 일어난 사건, 원자력 발전소 사고는 짐작할 수 없는 결과를 계속 유보한 채 화자의 손을 떠나 있다. 하지만 적어도 남동생의 수술은 비교적 성공적으로 끝났다는 소식을 듣게 된다. 그의 감각 기능이 손상될 수도 있다는 불안은 있었지만, 눈을 뜨자마자 '볼 수 있다'는 사실을 듣게 되자 화자는 안심한다. 후각이나 미각까지 손상을 입지 않았는지는 아직 모른다. 적어도 그는 깨어났고 시각은 정상이었으며 목마름을 호소한다. 화자는 이제 자신이 어떻게 할 수 없는 두 가지 상황 중 한 가지에서는 벗어났다. 그녀를 억눌렀던 불안에서도 잠시 벗어났다.

'Störfall'과 남동생의 수술이 화자에게 주었던 불안은 결국 죽음에 대한 공포, 인간의 힘으로 감당할 수 없는 사건 앞에서의 속수무책 그리고 이제까지 익숙했던 삶과의 작별이었다. 구름과 하늘이 더 이상 과거의 그것이 아니며, 풀 한 포기조차 오염을 의심해야 하는 이전에 겪어보지 못했던 상황 속에서, 불안과 두려움을 가중시켰던 남동생의 수술이 현재로서는 성공적인 결과를 보여주면서 인간이 통제할 수 있는 사건 하나는 해결이 된 것이다.

그러면서 비로소 한마디로 마음속 불안을 입 밖으로 내놓는다.
"얼마나 힘들까, 동생아, 이 세상과 헤어지는 것은."

크리스타 볼프 연보

1929년 3월 18일 란츠베르크 안 데어 바르테(현재 폴란드)에서 상인 오토와 헤르타 일렌펠트의 딸로 태어남. 원명은 크리스타 일렌펠트(Christa Ihlenfeld). 2차대전이 끝나기 직전까지 이곳에서 학교 다님.
1945년 2차대전 종전 후 소련군 진군을 피해 가족이 독일 동부 메클렌부르크로 이주.
1949년 프랑켄하우젠의 고교 졸업. 같은 해 통합사회당에 입당(1989년 6월 탈당하기까지 당원).
1949-53년 예나 대학과 라이프치히 대학에서 독문학 전공. 한스 마이어의 지도아래 『한스 팔라다의 작품에 나타난 리얼리즘의 문제』라는 주제로 박사학위 취득. 이후 독일작가 연맹회원 및 출판사 편집인으로 활동.
1951년 대학 친구이자 나중에 작가이자 출판인인 게르하르트 볼프(Gerhard Wolf)와 결혼하여 사망할 때까지 함께 삶.
1952년 첫딸 아네테 낳음.
1956년 둘째 딸 카트린 낳음.
1959년 볼프 부부는 『우리 시대, 10년 동안의 산문』, 『우리, 우리 시대, 10년 동안의 기타 시와 함께』 두 권을 냄.
1961년 러시아 통역사와 동베를린 여의사의 사랑을 그린 『모스크바 이야기』로 등단. 할레 시 문학상(동독) 수상.
1963년 『나누어진 하늘』 발표. 하인리히 만 상(동독) 수상.
1963-67년 통합사회당 중앙위원회 후보.

1964년   동독 3등급 국민훈장.『나누어진 하늘』영화화.
1965년   12월 말, 통합사회당 중앙위원회 제11차 총회에서 연사 중 유일하게 새로운 제한적 문화 정책에 반대하는 발언.
1972년   테오도르 폰타네 상(서독) 수상. 파리 낭독 여행 시작.
1974년 『운터 덴 린덴. 세 가지 믿을 수 없는 이야기』발표. 동독 예술원 회원으로 활동하기 시작. 함부르크 자유예술원(서독) 회원.
1976년   볼프 비어만 시민권 박탈에 맞선 공개서한에 서명한 뒤 동독 작가 연맹 베를린 분과 이사진에서 축출당함. 통합사회당에서 "엄중한 견책" 당함. 이후 스웨덴, 핀란드, 프랑스, 미국 등지에서 낭독 여행.
1978년   브레멘 문학상(서독)
1980년   게오르크 뷔히너 상(서독)
1983년 『카산드라』발표. 쉴러 기념상(서독) 수상. 미국 오하이오 주립 대학 명예 박사 학위.
1984년   파리의 유럽학술 및 예술원 회원
1985년   오스트리아의 유럽 문학상 수상.
1987년   체르노빌 원전 폭발 이후에『원자력 발전소 사고. 어느 하루의 소식들』출판. 솔 남매 상(서독), 동독 1등급 국민훈장.
1988년   베를린 장벽이 무너지는 요인 중 하나가 된 베를린 알렉산더 광장의 대규모 시위(11월 3일)에서 연설. 동독의 해체가 아니라, 사회주의의 개혁 주장함.
1989년   11월 9일, 베를린 장벽 무너짐.
1990년 『크리스타 볼프, 대화 가운데서』출간. 동독 청산의 회오리 속에서 '크리스타 볼프 논쟁'이 가열되는 가운데 국외와 국내로부터 지지받음. 볼프 자신은 정보국 기록을 출간하기도 함. 결국 병이 나지만 이때의 체험은 이후 작품들에 강하게 각인됨.

1990년 독일 통일 이후 문학비평계에서 크리스타 볼프의 작품을 두고 논란. 일부 서독 비평가들은 볼프가 동독 공산주의 정부의 권위주의를 비판하지 못했다고 주장. 다른 비평가들은 그녀의 작품을 "도덕적"이라고 묘사. 반면에 작가의 옹호자들은 동독 문학의 중요한 대표자로서 크리스타 볼프의 중요성을 인식. 볼프의 정치적 과거를 둘러싼 논란은 동독 비밀정보국 슈타지의 '비공식직원 마르가레테(Inoffizieller Mitarbeiter Margarete)'로서의 그녀의 이전 활동이 1993년에 알려졌을 때 더욱 심화됨.

1996년 『메데아. 목소리들』 발표.

1999년 넬리 작스 상 수상.

2001년 함부르크 자유 예술원 메달 수상.

2002년 독일 서적 상 수상.

2011년 12월 1일 82세의 나이로 사망. 12월 13일 베를린 미테에 있는 토로테엔슈테티쉬 프리트호프에 묻힘. 그녀의 무덤은 2018년부터 베를린시에 명예 묘지로 헌정됨.

1994년부터 예술 아카데미의 문학 기록 보관소는 약 175,000장의 원고, 일기, 문서, 서신 및 독자가 보낸 약 10,000통의 편지를 보관하며 울프의 기록 보관소를 관리해 옴.